Gräber G'schichten
Eiskalter Datschi

AF272678

Sylvia Schwarz
Gräber G'schichten
Eiskalter Datschi

Biografische Information der Deutschen Nationalbibliothek:
Die Deutsche Nationalbibliothek verzeichnet diese
Publikation in der Deutschen Nationalbibliografie; detaillierte
bibliografische Daten sind im Internet über dnb.dnb.de
abrufbar.

Verlag:
BoD • Books on Demand GmbH, In de Tarpen 42, 22848
Norderstedt
Druck:
Libri Plureos GmbH, Friedensallee 273, 22763 Hamburg
ISBN: 978-3-7583-3974-5

Anleitung

Jede der Gräber G'schichten beginnt mit dem Kapitel, in dem die Leiche gefunden wird. Dieses Kapitel sollte natürlich zuerst gelesen werden, damit man weiß, worum es geht.

Ganz hinten findet sich das letzte Kapitel mit der Auflösung, also dem Tathergang und der Aufdeckung des Mörders oder der Mörderin. Wer mitträtseln möchte, sollte dieses Kapitel als letztes lesen.

In den Kapiteln dazwischen befragt Dolores Gräber, unsere Ermittlerin, die Verdächtigen. Jede Spürnase kann/darf/sollte diese Kapitel in beliebiger Reihenfolge lesen, je nachdem, welche Ermittlungsrichtung interessant erscheint.

Der Lohn fürs fleißige Mitraten ist das gute Gefühl, genauso schlau oder sogar schlauer zu sein als Dolores Gräber und ihr Zwergkugelfisch Knödel.

Erstes Kapitel – Die Leiche wird gefunden

Dolores Gräber, Mitte 60, rundlich und grundsätzlich sehr entspannt, spürte überdeutlich, wie ihr Puls raste und ihr Herzschlag bis in den Hals und sogar die Zehen pochte. Gut, das lag wahrscheinlich am eingewachsenen Nagel, der sich entzündet hatte. Der Schuhe wegen. Weil sie überzeugt war, die schicken neuen Schuhe tragen zu müssen, obwohl sie beim ersten Reinschlüpfen schon keinen Platz für den großen Zeh gefunden hatte. Cinderella-Füßchen. Dolores Gräber hatte keine zierlichen Cinderella-Füßchen.

„Knödel", schnaufte sie, während sie über das Kopfsteinpflaster hinkte, „das tut furchtbar weh. Ich hätte die Sneakers anziehen und diese damischen Stöckelschuhe nie kaufen sollen. Jetzt hab ich den Salat. Wenn das nicht besser wird, muss ich zum Arzt."

Knödel, der in seinem Spazierglas umherschwamm, guckte mit großen Augen. Er guckte immer sehr interessiert, wenn er seinen Namen hörte. Dolores lächelte. „Mit *Schuhen, Zehen* und *Schmerzen beim Gehen* kannst du freilich nichts anfangen. Bist ja ein Fisch."

Hätte er sprechen können, wäre vermutlich ein langer Vortrag über die Gefahren des Fischlebens gekommen. Von Krankheiten und aggressiven Fischkollegen bis hin zu umgekipptem Wasser im Aquarium, was für ein Fischlein tatsächlich gefährlich war.

„Weißt", sagte Dolores und sie musste langsamer gehen, weil ihr Fuß dermaßen wehtat, „vielleicht sollten wir mal in Urlaub fahren. Füße hochlegen. Oder halt die Flossen."

Sie schlängelte sich zwischen den parkenden Autos durch, die wirklich jedes freie Fleckchen rund um den Trödler belegt hatten. Trödler. Das Kult-Bistro des Ortes, der Platz, wo sich jeder wohlfühlte, wo Zeit keine Bedeutung hatte, wo sogar ein Zwergkugelfisch ein Gläschen Wasser serviert bekam.

„Meine Güte!" Dolores quetschte sich zwischen Stefans neuem Porsche und Sabines altem Mazda hindurch. „Wie können die Leute aussteigen, wenn sie derart dicht an dicht parken? So schlank und zierlich ist der Stefan wirklich nicht, der ist das Gegenteil von der Sabine." Sie umrundete einen froschgrünen Kleinwagen. „Und bei dem ist der TÜV abgelaufen und der rechte Außenspiegel fehlt."

Sie lachte leise auf. „Schau mal, Knödel, der Pickup dort drüben hat einen Kühlschrank auf der Ladefläche, ein uraltes Ding mit Rostflecken. Der soll bestimmt zum Schrott, aber der Besitzer kann sich einfach nicht trennen. Vom Trödler. Eindeutig verhockt. Du, das passiert uns heute nicht. Mein weher Zeh treibt mich dann schon heim, wirst sehen."

Knödel in seinem Spazierglas drehte sich und begutachtete nicht den schwarzen Pickup mit dem Kühlschrank, sondern das knallgrüne Auto. So eine Farbe bekam er bei Autos nicht häufig zu sehen und er mochte knallige Farben und alles, was außerhalb der Norm lag, überhaupt gern.

„Ein Kühlschrank… Wenn die Ladeklappe nicht wäre, würde er runterrutschen, so schief hängt er auf der Ladefläche." Dolores Gräber drängelte sich durch eine Gruppe rauchender Frauen, öffnete die Eingangstür und betrat das Bistro. Stimmengewirr schlug ihr entgegen und der Duft von Pizza, Guinness und frischen Blumen. Sie atmete tief ein. Der lange Tisch links vom Eingang war für den Chor reserviert und natürlich war sie nicht die erste. Dolores stellte Knödel auf den Tisch. „Gitta. Wolfi. Servus."

Wolfi hatte ein Bier in der Hand und prostete ihr zu. „Grias di, Dolores. Du, heute geht die erste Runde fei auf dich. Bist ja zur finalen Chorprobe am Ostersonntag sauber zu spät gewesen."

Einen Versuch war es wert. „Weil der Karl am Maibaum hing, schon vergessen? Maibaumeln?"

Gitta wackelte mit dem Zeigefinger. „Brauchst dich nicht rausreden wollen, Dolores, du warst schon zu spät, bevor wir dir den Karl überhaupt gezeigt haben. Die Uhr hat geschlagen, da warst du erst bei der Gemeinde und noch lange nicht bei der Kirche."

Dolores setzte sich murrend. „Weil… Ja, wegen den Cocktails halt und wegen dem Kindsbier, das der Karl – Gott hab ihn selig – in Erdbeerlimes ausgegeben hat."

„Du", beugte der Wolfi sich verschwörerisch nach vorn, „du, Dolores, was ist jetzt mit…"

Er bekam unterm Tisch einen heftigen Tritt gegen das Schienbein. „Sei nicht so neugierig!", giftete ihn Gitta an. „Schlimm genug, dieser fürchterliche Mord, da brauchst nicht im Nachhinein jedes Detail nochmal aufwickeln wie ein verspäteter Gaffer." Mit verschränkten Armen schüttelte sie tadelnd den Kopf, eine ganze Weile, ehe sie sich zu Dolores beugte: „Stadelheim. Justizvollzugsanstalt. Oder?"

Die Kellnerin kam vorbei und schaute Dolores fragend an. „Pina Colada, wie immer?"

Dolores nickte. „Und ein kleines Leitungswasser für den Knödel. Danke, Vroni."

„Wie immer. Bringe ich gleich."

Gitta rempelte ihr den Ellbogen in die Seite. „Stadelheim, oder?"

„Nein", schüttelte Dolores den Kopf. „Landsberg. Stadelheim wird doch renoviert."

„Ah!", machten Wolfi und Gitta gleichzeitig. „Landsberg."

Der Kirchenchor bestand aus mehreren Mitgliedern. Wie viele genau es waren, wusste keiner, weil immer jemand fehlte oder eine Pause machte und erst nach Monaten wieder dazustieß. Der harte Kern bestand aus zwölf Leuten, die wirklich bei jeder Probe und jeder Aufführung dabei waren. Gitta, Wolfi und Dolores saßen am Tisch, der Rest fehlte.

Gitta und Wolfi schauten auf ihre Handys, ob eine Nachricht in der Gruppe stand. „Mei", seufzte Gitta, „freilich hab ich wieder mal kein Netz."

Auch Wolfi seufzte. „Nimmst halt mein Handy als Hotspot, wie immer."

Drei Pina Colada und etliche Schnapsrunden später war vom Chor niemand sonst aufgetaucht, dafür saßen sechs pechschwarz angezogene Rocker bei ihnen am Tisch und rissen Witze und lustige Sprüche ohne Pause. Dolores sank vor Lachen fast unter den Tisch.

Stefan, dessen Porsche sie draußen schon gesehen hatte, brachte mit seinem fränkischen Dialekt alle zum Lachen, selbst wenn er bloß etwas zu trinken bestellte: „Woischd, Vroni, ich hädd amoll gänn ebbes annares zum Dringe, vielleichd… Duuds een Ebbelwoi gebbe?"

„Wos?"

„Odä een Seggalaschlibfa?"

„Ingwer-Zitrone-Shot?", schlug Vroni vor.

„Bassd!", freute sich Stefan. „Siehschd, s'isch viel meeglich, wann ma sich aschdrenge duud."

Filmriss.

Als Dolores die Augen öffnete, stand Knödels Spazierglas immer noch auf dem Tisch und das Glas Leitungswasser war leer. Anscheinend hatte er es bekommen. Der kleine Zwergkugelfisch schlief. Er hatte zwar keine Augenlider, die er zumachen konnte, aber er lag ruhig auf dem Blatt seiner Wasserpflanze und rührte sich nicht. Eine winzige Wasserschnecke kroch dicht vor seiner Nase. Wäre er wach, würde er sie sofort schnappen, knacken und verspeisen.

Dolores rieb sich das Gesicht. Sie hatte Kopfschmerzen und fürchterlichen Durst. Unter ihrem Geldbeutel, der neben dem Fischglas lag, klemmte die Rechnung des Vorabends und Vroni hatte ein Dankeschön darauf geschrieben. Auf Vroni war Verlass. Wenn sie drei Pina Colada, drei Haxenspreizer, drei Schokolikör und zweimal neun Ouzo auf die Rechnung gesetzt hatte, stimmte das auch. Neun Ouzo?

Erst nach einigen Atemzügen fielen Dolores die Rocker ein, die bei ihnen gesessen waren. Stefan, Alwin und ihre Kumpels. Nein, Alwin war nicht dabei gewesen, weil er zur Hochzeit seiner Schwester war.

Wolfi lag lang ausgestreckt über vier zusammengeschobenen Stühlen und schnarchte. Gitta war weg. Der Gastraum war leer, bis auf eine kleine, zierliche Frau, die zwar einen Wischmopp und einen Eimer neben sich stehen hatte und eine Kittelschürze trug, aber nicht putzte, sondern mit spitzem Zeigefinger immer wieder gegen Dolores' Oberarm stupste.

„Wakey, wakey."

Dolores starrte sie an. Sie hatte diese Frau noch nie

gesehen, dessen war sie sicher. So klein und zierlich von der Figur her, mit dunkler Haut und strahlenden Augen, daran könnte Dolores sich erinnern.

„Wakey, wakey."

Dolores atmete tief durch. „Ja, ja, ich bin wach."

„Outside. Big problem." Die Frau schaute sehr ernst. „Come."

Dolores brauchte einen zweiten, sehr tiefen Atemzug. „Das Problem draußen kann kaum größer sein als mein Problem hier drinnen." Sie faltete den Kassenbon zusammen. „So ein Absturz. Ich kann mich an nix erinnern."

„Come", nickte die Frau. „Outside. Problem."

Von Wolfi kam undeutliches Gemurmel. Es hörte sich nach einer Beschwerde an: „Verdammter Dreck, warum muss der Alkohol sich immer so vehement im Kopf festsetzen und am nächsten Tag so viel mehr Ärger verursachen als er am Vortag Freude bereiten konnte?"

Die Frau piekte wieder mit ihrem spitzen Finger. „Come. Ma'am."

Dolores stand vom Tisch auf und folgte der unbekannten Frau nach draußen. Sie blieb gleich hinter der Tür stehen und zeigte auf einen Kühlschrank.

„Ha!", entfuhr es Dolores, „der Kühlschrank! Gestern war der noch auf dem Pickup. Ich hab mir gleich gedacht, die Ladeklappe kann dieses Schwergewicht nicht halten."

Heute Morgen befand sich der Kühlschrank tatsächlich nicht mehr auf der Ladefläche, sondern auf dem Boden. Beinahe auf dem Boden. Zwischen dem Kopfsteinpflaster und dem Kühlschrank lugte ein Arm unter dem Gerät hervor und auch ein Fuß war zu sehen.

„Dead", flüsterte die Frau. „Dead."

„Das sehe ich", seufzte Dolores. „Der ist tot."

„Wer ist tot?", fragte plötzlich Wolfi von hinten und trat neben Dolores und die Frau. „Herrschaftszeiten, Dolores, kann man dich keinen Abend allein lassen, ohne dass sofort wieder ein Toter rumliegt? Ständig purzelst du über irgendwelche Leichen, das wird fei langsam verdächtig." Er klopfte sich die Hosentaschen ab und zog einen etwas zerdrückten Joint heraus. „Auf den Schrecken… Mei, wer ist es denn, den es da zerdatscht hat? Ha? Unterm Kühlschrank. Eiskalt."

Dolores spürte wieder das Pieken an ihrem Oberarm. „Your fish, Ma'am, your fish. I need to clean because I fly home to Thailand today. Nine o'clock. Train. Airport."

Also holte sie Knödel aus dem Gastraum und stellte ihn auf einem der Biertische im Freien ab. Die Frau verschwand endgültig und Dolores hörte den Schlüssel, der von innen im Schloss umgedreht wurde. „Kennst du diese Frau?"

Wolfi zog gierig am Joint. „Nie gesehen, aber anscheinend kennt die sich hier aus." Er betrachtete einen Kassenzettel. „Herrschaftszeiten, vier Runden Willi."

Die Ladeklappe des Pickups war unten. „Hm", überlegte Dolores, „als wäre der Kühlschrank heruntergerutscht."

„Von wegen Kühlschrank!" Er knüllte den Kassenzettel in seine Hosentasche. „Das ist eine erstklassige, unkaputtbare, unschlagbare, fantastische Bartscher Kühl-Gefrier-Kombination aus den achtziger Jahren. Du, meine Oma hat so ein Ding in ihrer Küche stehen. Das war der erste und einzige Kühlschrank, den sie sich je gekauft hat. Funktioniert tadellos, reibungslos, wartungsfrei. Gut, der Stromverbrauch ist ein bisserl höher als bei neuen Geräten, aber mei… Dolores, stell dir das vor, ein Kühlschrank, der seit vierzig Jahren tadellos läuft und kühlt und gefriert. Mei, das waren noch Zeiten!

15

Da könntest mit einem Panzer drüberfahren und es würde sich nix fehlen."

„Meinst", fragte Dolores, „der Kühlschrank war deshalb auf dem Pickup? Weil der noch geht? Nicht zum Schrott?"

„Garantiert!" Wolfi nickte fest. „Solche Dinger kannst ja nicht kaputtkriegen. Die überleben sogar einen Atomkrieg. Stellst ihn wieder senkrecht und es geht weiter." Er schnaufte. „Du, wer liegt überhaupt unter dem Kühlschrank?"

Gemeinsam gingen sie zum Pickup, hinter dem der Kühlschrank auf der Leiche lag. Die Hälfte vom Arm und ein Fuß waren zu sehen.

„Ein Mann", meinte Wolfi. „Solche Bratzen hat bloß ein Kerl."

„Schuhgröße sechsundvierzig passt auch eher zu einem Mann", nickte Dolores. „Schwarze Jeans, alte Docs."

„Der hat ziemlich viele Tattoos am Arm", sagte Wolfi und er legte den Kopf schief. „Du, das ist ein Satanist! Da sind lauter Monster und der Schriftzug CC666. Die Zahl des Teufels! Haben wir Satanisten im Dorf? Noch mehr Verrückte! Wie die, die sich nachts durch den Gogast trommeln?"

„Das sind keine Verrückten", sagte Dolores,

„sondern die Heidi mit ihrer Truppe. Die wollen sich Stress und Traumata aus einem früheren Leben weggetrommelt, weil sie alle im Dreißigjährigen Krieg gekämpft haben. In einem früheren Leben."

„Die Heidi?" Wolfi schnaubte. „Also, die Jutesack-Grünkern-Heidi? Die Dinkelvollkorn-Heidi? Die eine-vegane-Leberkässemmel-bitte-Heidi? Welchen Stress möchte die denn wegtrommeln? Ach du meine Güte, im Dorfladen gibt es nur regionales Weizenmehl und keine Chia-Amaranth-Mischung aus chilenischem Öko-Anbau, geerntet von bei Vollmond geborenen handyfreien Bio-Bauern in Freilandhaltung!" Er tippte sich an die Stirn. „Die ist nicht gestresst, sondern verrückt! Krieg! Dreißigjähriger! Ts, ts, ts!"

Dolores kam neben Wolfi und bückte sich, um das Tattoo des Toten besser sehen zu können.

„Gell", sagte Wolfi, „ein Satanist. Wenn das der Pater Notker erfährt! Der hält uns gleich wieder eine selbstgeschriebene Predigt vom Antichristen. Der meint auch, das ganze Dorf wäre voller Dämonen."

„Kein Satanist", widersprach Dolores und sie überlegte. „Da saßen gestern doch Stefan und seine Kumpels bei uns am Tisch?"

„Freile", nickte Wolfi. „Der Stefan, der Glucksi, der

Hammer, der Jonathan, der Säbelzahn, der Pesado und der Eddie, der eigentlich Ferdinand Vogel heißt. Wenn du den besuchen willst, musst das fei wissen, sonst stehst lange vor dem Klingelschild und überlegst. Der wohnt in der Höhlmühler Straße, gegenüber vom grünen Haus."

Dolores schaute ihn ernst an. „Hat gewohnt. Der Tote hier ist Ferdinand Vogel, genannt Eddie."

Wolfi pfiff beeindruckt durch die Zähne. „Wow, den erkennst du am halben Arm und den Schuhen? Respekt, Dolores, habt ihr euch gestern erst kennengelernt oder kanntet ihr euch vorher schon? Du, gestern hatte der eine schwarze Lederjacke an. Langärmelig!" Wolfi starrte sie eindringlich an. „Lief da was zwischen euch?"

Dolores spürte die Entzündung am großen Zeh und richtete sich aus der Hocke auf, um den Fuß ausschütteln zu können. „Quatsch. Für den Stefan und seine Clique bin ich viel zu alt."

„Aufm alten Radl lernt man Fahren…"

Dolores ignorierte diesen flapsigen Spruch. „Die Tattoos, Wolfi, sind keine Monster, sondern Figuren der Heavy Metal Band Iron Maiden und CC666 ist die Flugnummer, mit der die Ed Force One während der Touren unterwegs ist. Das Maskottchen der

Band heißt Eddie. Na, klingelt's?"

„Eddie", wiederholte Wolfi mehrfach. „Ja, ja, ich hab auch schon von dieser Band gehört."

Dolores schmunzelte. „Geh weiter! Du?"

Wolfi begann mit dem Kopf zu nackeln und entsprechende Gesten mit den Händen zu machen: „Weißt, damals, als ich jung und wild war im Block…"

„Das", stoppte ihn Dolores, „ist ein ganz anderes Genre."

Wolfi seufzte. „Mei, Heavy Metal war nie meins."

„Aber seins", zeigte Dolores auf den toten Eddie und sie begann nachzudenken. „Die ganze Clique war doch in Wacken…"

„Jessas!" Wolfi schlug die Hände überm Kopf zusammen. „Das war ein Chaos!" Er rammte plötzlich seine Faust gegen Dolores' Schulter. „Du, die hatten einen Kühlschrank dabei und ich verwette meine Schwiegermutter, dass es genau dieser Kühlschrank war, unter dem der Eddie jetzt liegt."

„Ein Kühlschrank?" Dolores legte skeptisch den Kopf schief. „In Wacken?"

„Ein Kühlschrank." Wolfi blickte nickend auf den Toten. „Ich hab die Debatte beim Trödler mitbekommen, was das für ein Zirkus war. Den ganzen Abend haben sie debattiert, wie sie den Kühlschrank nach Wacken kriegen. Der Stefan und der Eddie wollten keinen Kühlschrank mitnehmen, aber der Glucksi wollte auf keinen Fall ohne Kühlschrank fahren. Tohuwabohu."

Mittlerweile war Knödel aufgewacht, auch weil die Morgensonne in sein Spazierglas schien. Dolores hatte in ihrer Handtasche einen batteriebetriebenen Luftsprudelstein dabei, den sie ins Glas hängte, damit Sauerstoff ins Wasser kam. Knödel freute sich über die Bläschen und jagte ihnen nach.

„Also", beschloss Dolores, „werde ich Eddies Rockerfreunde befragen. Vielleicht hat jemand eine Ahnung, wie Eddie unter den Kühlschrank gekommen ist."

„Eine Ermittlung!", freute sich Wolfi. „Tolle Sache. Du, ich bleibe hier und bewache die Leiche, bis du den Mörder hast."

Dolores hob den Finger und mahnte: „Heute ist kein Event im Dorf und nichts, das eine Verzögerung rechtfertigt. Diesmal, Wolfi, rufst du sofort die Polizei. Ich kann nicht, mein Akku ist leer."

„Aber der Schnecken-Simon hat Dienst…"

„Er wird kommen", beharrte Dolores. „Er soll einen Kran mitbringen."

„Auch das noch!", seufzte Wolfi. „Jede zusätzliche Aufgabe macht den Schnecken-Simon doch noch langsamer."

Aber Dolores ließ sich nicht umstimmen. „Du rufst jetzt die Polizei an, Wolfi, sonst gehe ich erst nach Hause zum Telefonieren und danach zum Ermitteln."

Grummelnd zog Wolfi sein Handy aus der Tasche. „Du weißt fei schon auch, wie man seinen Willen kriegt. Was soll ich denn dem Schnecken-Simon sagen, wo du bist, falls er ausnahmsweise früher ankommt und nach dir fragt? Bei wem fängst denn an mit der Befragung?"

Gute Frage: Wer ist besonders verdächtig und soll zuerst befragt werden?

Stefan   Seite 22
Glucksi   Seite 46
Hammer   Seite 80
Jonathan   Seite 104
Säbelzahn   Seite 130
Pesado   Seite 159

Obacht! Die Auflösung beginnt auf Seite 185.

Stefan – Rocker vom Dienst

Stefan war umgezogen und wohnte jetzt im Neubaugebiet in der Nähe der gemütlichen Dorfschule. Als Dolores die frisch geteerte Straße entlang ging, erinnerte sie sich an seinen kaputten schwarzen Porsche, der ihm im letzten Herbst so viele Scherereien und sogar beinahe einen Mordverdacht eingebracht hatte. Den Porsche hatte er gegen ein tadelloses neues Modell eintauschen können, der Mordverdacht war bald vom Tisch und wenig später starb seine Erbtante aus dem Fränkischen, was ihm einen ordentlichen Geldsegen bescherte.

Von Weihnachten bis knapp vor Ostern waren er und Alwin auf Weltreise, danach investierte er Geld in ein nagelneues Haus nahe der Schule.

„Woischd", sagte Stefan immer, „ma muss schaffe, auch wann koina da isch, deas amoll grieche weadd. Da Alwin un ich henn koine Kinna, woischd, nu weadd ichs em Siehschebbad gebbe, damidd de Fischla ebbes henn. Seid mia dauche dun, senn mia de Fischla am liebschde." Im weitläufigen Garten gab es einen Goldfischteich mit Springbrunnen und wie es aussah, stand im Wohnzimmer ein Aquarium, jedenfalls sah man bei Dunkelheit Licht durchs Fenster schimmern, auch wenn der Fernseher nicht lief.

Im Carport des ersten Hauses wurde ein Touring für einen Badeausflug gepackt. Der Kofferraum stand sperrangelweit offen und diverse Schwimmtiere quetschten sich zwischen die Kühlboxen. Dolores nickte Gabriele zu, die einen Schwimmflügel aufpustete. „Ihr seid ja früh wach?"

Gabriele hatte einen hochroten Kopf. „Wir wollen zum Walchensee hoch, da muss man früh dran sein, sonst kriegst keinen Parkplatz mehr."

„Walchensee." Dolores schüttelte sich. „Ist der überhaupt einigermaßen warm?"

Gabriele zuckte die Schultern. „Achtzehn Grad wird er schon haben. Weißt, die Temperatur ist uns wurscht. Hauptsache, die Schwimmtiere kommen mit." Sie zeigte mit dem aufgepusteten Schwimmflügel die Straße entlang. „Wo gehst denn hin? Dort hinten schlafen noch alle, bloß der Stefan, der ist schon halbscharig wach."

Dolores wurde aufmerksam. „Ach? Hast du ihn heimkommen sehen?"

Gabriele mühte sich mit dem Verschluss des Schwimmflügels. „Von unserem Küchenfenster aus ist seine Terrasse quasi ein Präsentierteller. Er pennt seit einer Stunde im Stuhl. Ja, ich habe ihn gesehen. Den Alwin auch, aber der schläft nicht."

Dolores folgte ihrem Zeigen. Vorbei an zwei weiteren Häusern, bei denen die Rollläden wegen der Sommerhitze fest geschlossen waren. Die Gärten waren noch nicht angelegt und Bauschutt lag herum. Neubaugebiet eben.

„Weißt", sagte Gabriele, „nächste Woche machen wir Straßenfest. Magst auch kommen? Kannst deinen Fisch mitbringen. Die Lara, die unten beim Dorfladen wohnt, die kommt auch, weil sie dem Andreas so viel beim Umziehen geholfen hat. Du, die trägt ihren Goldfisch auch gern in so einem Glas herum." Sie schnitt eine kurze Grimasse. „Das sieht der Stefan nicht so gern, weil der Goldfisch für ein Gurkenglas wirklich zu groß ist. Ist ja nicht wie bei deinem Kugelfisch und dem Spazierglas, da sind die Proportionen schon andere. Vielleicht kannst es der Lara ja verklickern? Kommst zum Straßenfest?"

Dolores wohnte nicht bloß *eine* Straße weiter, sondern mehrere Straßen entfernt, aber Gabriele fand das nicht schlimm. „Wir laden das halbe Dorf ein. Getränke haben wir genug, falls du was auf den Grill haben willst, bringst einfach was mit. Das wird lustig. Weißt, Dolores, wir sind hier alle fast gleichzeitig eingezogen." Sie senkte die Stimme. „Angeblich wohnt in dem ganz neuen Haus am Ende der Straße sogar ein verurteilter Mörder, aber das ist fei bloß ein Gerücht. Man findet den Typen nicht im Internet und er macht sich überhaupt recht rar." Sie nickte zum letzten Haus oben am Hang, bei dem der Garten bereits mit einer hohen Wand aus Bambus umgeben war und nicht eingesehen werden konnte. „Ich hoffe, der hat ihn eingesperrt. Also, seinen Bambus in ein Erdgitter, meine ich." Sie wechselte schnell das Thema: „Die leeren Grundstücke hat sich ein Ehepaar aus München angeschaut, aber die Dame des Hauses ist von der Lage nicht so begeistert. Zu weit in die Stadt." Sie rieb Daumen und Zeigefinger aneinander, um anzudeuten, dass es nicht allein die Lage im Speckgürtel war, sondern auch der Preis. „Außerdem arbeitet sie am Flughafen. Ganz im Ernst, Dolores, von hier zum Flughafen pendeln – nein danke." Ein Schwimmring in Form einer halben Wassermelone landete im Kofferraum, obwohl er durch das Ventil ein pfeifendes Geräusch von sich gab. „Die Gitta", plauderte Gabriele fort, „die Gitta vom Gartenverein kommt auch zum Straßenfest. Die hat uns ja so viel mit dem Garten geholfen. Für wenig Geld haben wir viel Garten bekommen, weil die halt auch weiß, bei wem welche Ableger zu kriegen sind. Man braucht sich keinen Strauch oder Baum selber zu kaufen." Sie zeigte auf ein kleines Apfelbäumchen, das frisch eingepflanzt im Vorgarten stand. „Den haben wir geschenkt bekommen, von hier im Dorf. Wir mussten das Bäumchen bloß selbst ausgraben und abholen."

„Naja", meinte Dolores, „dafür ist der Apfelbaum noch nicht zu groß."

„Er trägt sogar Früchte", erzählte Gabriele mit Begeisterung weiter. „Die Lotte hat zwar gemeint, die könnten abfallen, weil so eine Verpflanzung Stress für den Baum ist, aber spätestens im nächsten Jahr können wir ernten." Sie kam einen Schritt näher zu Dolores und schmunzelte. „Die Welt ist klein. Die Frau aus München, die hier nicht wohnen will, weil es zu weit zum Flughafen ist, fährt das gleiche Auto wie der Klaus, von dem wir das Apfelbäumchen haben." Sie war noch nicht fertig mit ihrem Vergleich: „Sie fliegt regelmäßig die Strecke München Khao Lak und genau dorthin fliegt der Klaus heute." Sie schaute auf die Uhr. „Den Zug um neun will er nehmen."

Etwas brummte und Gabriele zog ihr Handy aus der Hosentasche. „Der Zug fällt aus", seufzte sie. „Mein Mann kommt eine Stunde später von der Nachtschicht nach Hause, weil der Zug wieder mal ausfällt. Seit die Strecke nach München ausgebaut wird, fallen mehr Züge aus als die Bahn überhaupt hat. Damit geht der nächste Zug nach München erst um zehn, aber das kann mir eigentlich wurscht sein, solange mein Mann vorher kommt." Sie seufzte noch einmal. „Ich hoffe, wir kriegen dann noch einen Parkplatz. Weißt, die Gemeinde lässt rigoros alles abschleppen, was nicht auf den ausgewiesenen Parkplätzen steht." Sie stopfte das Zeug im Kofferraum tiefer hinein und horchte plötzlich auf. „Diese Bande! Geht's schon wieder in eine neue Runde. Dolores, ich muss nach den Kindern schauen. Schönen Sonntag!"

Als sie ins Haus trat, hörte Dolores das Geschrei von mindestens zwei streitenden Kindern. „Weißt", sagte sie zu Knödel, „Familienleben ist nicht immer friedlich."

Das Haus, das Stefan und Alwin gebaut hatten, war auf traditionelle bayerische Art schön und vor allem der Garten mit dem Fischteich sehr gelungen. Eindeutig hatte nicht Lotte ihre preisbewussten

Finger im Spiel bei der Gartengestaltung, sondern der ortsansässige stilsichere Gartenbauer.

Wie Gabriele es längst erblickt hatte, saß Stefan auf der Terrasse, die in einigen Jahren blickgeschützt durch eine Buchenhecke sein würde. Momentan waren die Pflänzchen noch zu klein und jeder konnte drüberschauen.

Dolores winkte ihm zu und er winkte zurück. Er deutete ihr näherzukommen.

„Guten Morgen, Stefan", sagte Dolores. „Bist du schon wieder wach oder immer noch wach?"

Stefan deutete auf seinen Hals und verdrehte dabei die Augen. Er schnitt eine fürchterliche Grimasse.

Aus der offenen Tür hinter ihm trat Alwin auf die Terrasse. Er hatte eine Kanne Tee und eine Tasse dabei.

„Mei, Frau Gräber", sagte Alwin. „Ich hab Sie gar nicht kommen hören."

„Ich hab auch nicht geklingelt."

Stefan machte den Mund auf und krächzte wie eine rostige Gießkanne oder ein altersschwacher Rabe.

„Bärli", schimpfte Alwin sofort los, „du sollst den Mund halten. Sprechverbot! So heiser und verkühlt wie du bist, sprichst du mir die nächste Woche keinen einzigen Ton." Er schenkte Tee ein. „Hier.

Darfst Kräutertee trinken, das hilft."

Mürrisch hob Stefan die Tasse an die Lippen und pustete. Er verzog das Gesicht.

„Brauchst nicht so rumtun", tadelte Alwin. „Ich hab dir gleich gesagt, nach Wacken noch zum Festival, das ist keine gute Idee. Wahrscheinlich hast du dich völlig heiser geschrien." Alwin schaute Dolores vielsagend an. „A Tribute to Rammstein, Sie verstehen? Das ist so eine Musikgruppe. Coverband. Möchten Sie auch ein Tässchen Tee?"

Dolores stellte Knödel auf dem Tisch ab und setzte sich auf einen Stuhl, dabei fing sie Stefans mahnenden Blick auf und sein dezentes Kopfschütteln mit herausgestreckter Zunge.

„Danke", sagte Dolores, „ein Wasser wäre mir lieber. Und ich bitte mein Auftreten zu entschuldigen, ich bin grad erst wach geworden und war noch gar nicht daheim."

„Oha", schmunzelte Alwin und holte ein Glas Wasser. „Dagegen war die Hochzeit meiner Schwester ja ein Kinderspiel. Ich bin sogar selbst heimgefahren." Er hatte einen selbstgestrickten Flauscheschal dabei und schlang ihn Stefan um den Hals. „Grad fahre ich die Straße entlang, sehe ich mein Bärli torkeln. Mei, der ist beinand. Wacken,

Tribute, Trödler. Als wäre er zwanzig. Vom Weiher runter ist er gekommen. Vom Weiher! Völlig falsche Richtung!"

Stefan wollte etwas zu seiner Verteidigung sagen, aber Alwin hob die Hand und brachte ihn mit dieser kurzen Geste zum Schweigen. „Bärli, deine Stimme. Wenn du nicht wochenlang heiser sein willst, musst du jetzt die Klappe halten." Er lehnte sich im Stuhl zurück und genoss die Morgensonne auf dem Gesicht. „Meine Schwester ist Ärztin. Kamillentee mit Salbei und Schweigen ist ihr Rezept bei Heiserkeit und es funktioniert tadellos."

Stefan rollte mit den Augen.

„Früher", erzählte Alwin weiter, „hat sie mich gezwungen heißen Zwiebelsud zu trinken, aber das mit dem Schweigen funktioniert viel besser."

Bevor Dolores vom Wasser trank, kippte sie die Hälfte in Knödels Glas. Frisches Wasser war immer gut, wenn er schon einige Stunden im Glas verbracht hatte.

„Wisst ihr", begann Dolores schließlich, „wem der Pickup gehört, der gegenüber vom Trödler geparkt ist?"

„Der schwarze?", fragte Alwin. „Die Ami-Karre? Mit dem Eddie-Aufdruck?" Er wurde ganz nervös, weil der Stefan ihn pausenlos anstupste. Schließlich fing Alwin seine Hand ein. „Ich weiß es auch, Bärli, kannst aufhören mir einen blauen Fleck zu machen. Der Pickup gehört dem Eddie. Er ist damit nach Wacken gefahren, weil weder der Kühlschrank noch er ins andere Auto gepasst haben." Alwin zog eine Schnute. „Ich wäre schon auch gerne nach Wacken mitgefahren. Festival. Hardcore! Eine Woche Musik und Saufen und Feiern und rund um die Uhr mit meinem Bärli. Mei, das wäre schön gewesen, aber, wissen Sie, Frau Gräber, meine Schwester hat geheiratet. Donnerstag standesamtlich, Samstag kirchlich. Da musste ich hingehen, keine Frage. Hochzeit vor Festival. Wacken ist jedes Jahr wieder, meine Schwester heiratet – hoffentlich – bloß noch dieses eine Mal."

Stefan rollte die Augen und brummte etwas, aber nur ganz kurz. Schnell nippte er am Kräutertee.

„Der Pickup", erzählte Alwin weiter, „ist recht altersschwach, jedenfalls für meine Begriffe. Ein Wunder, wie die Karre nach Wacken und zurück gekommen ist. Mit der Beladung! Der Kühlschrank wiegt ja Tonnen. Tonnen! Und da waren ja auch noch allerlei Vorräte dabei. Also... Vor allem flüssige Vorräte."

Anscheinend hatten Alwin und Stefan heute früh bereits mehrere Gespräche versucht, denn es lagen ein Stift und ein Notizzettel auf dem Tisch. Stefan kritzelte eine Zahl auf den Block und schob ihn zu Dolores. Sie las. „So viel wiegt der Kühlschrank? Ihr wollt mich doch verarschen!"

Stefan schüttelte den Kopf und auch Alwin nickte bedächtig.

Dolores seufzte. „Kein Wunder, dass man tot ist, wenn der auf einem liegt."

„Dood!", stieß Stefan mit seiner Krächzestimme aus.

„Dood? Heiligsbläcklä…"

„Scht!", machte Alwin. „Ich rede, du hörst zu." Er wandte sich Dolores zu. „Tot? Wer? Wie?"

„Ja, ja", sagte Dolores bedrückt. „Der Eddie liegt tot unter besagtem Kühlschrank."

„Hä?", machte Alwin. „Das verstehe ich nicht."

„Nun ja", begann Dolores zu erklären, „die Ladeklappe des Pickups ist unten, der Kühlschrank auch. Zwischen dem Kühlschrank und dem Kopfsteinpflaster liegt zerquetscht der Eddie."

„Herrje!", stieß Alwin aus. „Vom Kühlschrank erschlagen. Wahrscheinlich…"

Stefan begann ihn wieder am Ärmel zu zupfen.

„Ja, ja", fing Alwin seine Hand ein. „Ich weiß, Bärli,

wahrscheinlich hat die Ladeklappe nachgegeben, das altersschwache Ding. Der Kühlschrank ist ins Rutschen gekommen und hat den Eddie erwischt. Mei, wenn das Riesending auf dich fällt, ist zappenduster. Da kannst nix machen. Hätten sie besser den Anhänger genommen, wie sie es geplant hatten. Lieber langsamer unterwegs sein, als irgendwann tot aufwachen."

Stefan hörte nicht auf zu zupfen und notierte gleichzeitig in Krakelschrift etwas.

„Aha", meinte Dolores, nachdem sie den Zettel gelesen hatte, und sie schrieb diese Information in ihr Tablet.

Alwin lachte auf, nachdem auch er gelesen hatte. „Schlecht gesichert? Der war gar nicht gesichert! Das tonnenschwere Ding haben wir zu viert auf die Ladefläche hieven müssen, als die Reise nach Wacken losging. Und weil die Klappe nicht zugehen wollte, haben wir den Kühlschrank schräg gelegt. Ich wollte ja den höheren Teil hinten haben, aber die anderen haben gemeint, das wäre blöd, weil bei einer Vollbremsung der Kühlschrank womöglich nach vorn rutscht, die Fahrerkabine durchschlägt und alle umbringt. Hätten wir das mal lieber so gemacht. Der Eddie ist ein so vorsichtiger Fahrer, der muss niemals eine Vollbremsung hinlegen."

„Hat hinlegen müssen", verbesserte Dolores. Sie kratzte sich nachdenklich am Kinn. „Vielleicht ist es ein Unfall? Vielleicht stand der Eddie zum falschen Zeitpunkt hinterm Pickup?"

Plötzlich klopfte Stefan wie besessen auf dem Tisch herum und schüttelte gleichzeitig den Kopf. Er schrieb wieder etwas auf.

„Bärli", seufzte Alwin, „wenn du dich so reinsteigerst, wird das mit deiner Stimme nix. Du musst dich schonen, das hat die Auguste extra gesagt. Schonen! Schweigen! Ich glaube ja nicht an Homöopathie, aber wenn du magst, kannst du's mit ihren Globuli versuchen. Vielleicht helfen die gegen Heiserkeit?"

Stefan ignorierte diesen Tipp. Auf dem Zettel stand *Stunk mit Steffi*.

„Steffi?", fragte Dolores. „Welche Steffi?"

„Die Estefania", wusste Alwin. „Dem Eddie seine bessere Hälfte, die kennen Sie doch auch, oder? So eine kleine, dünne Frau mit rot gefärbten Haaren. Knallrot. Trägt meistens Jeans und schwarzes T-Shirt."

Dolores suchte ihr Gedächtnis nach einer Estefania durch, die von allen Steffi genannt wurde, und zur

Beschreibung passte. „Wohnt die hier?"

„Freilich nicht", sagte Alwin. „Die wohnt zwei Dörfer weiter, aber sie ist oft hier. Eigentlich wollten die zwei zusammenziehen in eine eigene Bude, aber es findet sich keine Wohnung, die groß genug und billig genug ist. Nicht so leicht in unserer Gegend."

„Der Thilo…", begann Dolores, wurde aber sofort unterbrochen: „Der Thilo ist so konservativ wie die Nacht dunkel. Er vermietet nicht an Rocker, das hat er dem Eddie längst gesagt, und schon gar nicht an von oben bis unten tätowierte Metal-Fans."

„Aha", verfolgte Dolores dieses Thema weiter. „Deshalb hatten Estefania und Eddie Streit? Weil sich keine Wohnung finden lässt und nicht mal der Thilo mit dem großen Herzen für die sozial Benachteiligten an sie vermietet?"

„Wo denken Sie hin", winkte Alwin ab. „Zwischen den beiden brodelt es schon lang, weil der Eddie beim letzten Volksfest nebenraus gegangen ist. Verstehen Sie?"

„Ein Seitensprung", nickte Dolores. „Schon klar."

„Das hat die Steffi dem Eddie total übelgenommen", erzählte Alwin. „Aber mei, der Eddie war betrunken bis Oberkante Unterlippe und die Tante war echt heiß. Eine Sahneschnitte vom Feinsten. Gute Figur, mega Arsch, geile Oberweite und entsprechend aufgedonnert. Der Eddie hat seine Augen gar nicht mehr von ihr nehmen können und als das Bierzelt zugemacht hat, ist er mit zu ihr und sie haben – wenn man dem Video glauben kann – die ganze restliche Nacht gerammelt wie die Karnickel. Die Frau, das hat der Eddie später erst kapiert, verdient ihre Kohle mit selbstinszenierten Privat-Pornos, die sie ins Netz stellt. Da fließt für jede Filmsekunde bares Geld! Je länger ein Kunde schaut, desto höher wird die Abrechnung auf der Kreditkarte."

Der Stefan, der ja nicht reden durfte, deutete mit Händen und Füßen an, wie groß die Oberweite der Dame war und wie der Seitensprung wohl abgelaufen war.

„Ja, ja", beschwichtigte Alwin. „So genau wird das die Frau Gräber nicht wissen wollen. Sie können sich ja vorstellen, Frau Gräber, dass so eine privatprofessionelle Porno-Queen sich richtig ins Zeug legt, wenn es um ihre Kohle geht. Die hat's mit dem Eddie getrieben, aber richtig! Als ihm die Puste ausgegangen ist, hat sie sich erst richtig ins Zeug gelegt und Spielzeug ausgepackt, von dem die meisten Leute nicht einmal wissen, dass es sowas gibt. Mannomann." Er griff zum Handy. „Ich hab den Link noch…"

„Mannomann", wiederholte Dolores. „Kann ich verstehen, wenn die Estefania wütend deswegen ist."

„Jedenfalls", kam Alwin zum Thema zurück, „hat sie ihm in Wacken sauber eins ausgewischt. Der Drummer von so einer Newcomer-Band hat's ihr erst angetan und dann besorgt. Hinter der Bühne. Im Stehen. Auf einer Überwachungskamera war alles ganz genau zu sehen. Freilich hat die Security das muntere Treiben beendet, aber das Drama war längst riesengroß. Der Eddie und die Steffi haben fürchterlich gestritten. Er wollte Schluss machen, sie hat geschrien, jetzt wären sie beinahe quitt, also bloß beinahe, denn er hätte vier Stunden, acht Minuten, dreizehn Sekunden mit dieser Schlampe gevögelt und damit sie quitt seien, hätte sie noch vier Stunden übrig."

Stefan trank vom Tee, Alwin schüttelte den Kopf. Knödel blickte ihn aufmerksam an, als würde er auf eine Erklärung warten.

„Sie sind", fuhr Alwin fort, „nicht gemeinsam im Pickup heimgefahren. Die Steffi hat den Zug genommen, also den langsamen. Deutschlandticket. Sie kommt erst heute heim, weil's mit dem

Bummelzug ewig dauert."

Dolores machte sich eine Notiz. „Also fällt die Estefania als Täterin aus."

„Täterin?"

„Es könnte", sagte Dolores, „natürlich ein Unfall gewesen sein. Falls der Eddie ausgerechnet dann hinter seinem Pickup steht, wenn die Ladeklappe nachgibt und der Kühlschrank ins Rutschen kommt… Es könnte aber auch jemand bei der Ladeklappe nachgeholfen haben."

„Kann sein", zuckte Alwin die Schultern. „Aber wer?" Mit hochgezogenen Schultern schaute er fragend in die Runde. „Wer würde nachhelfen und hoffen, dass der Kühlschrank ihn umbringt? Wie gesagt, Streit hatte er mit Steffi, aber die kommt erst heute nach Hause."

Das half Dolores nicht weiter, aber sie notierte es trotzdem. „Wie ist die Woche in Wacken sonst gelaufen? War abgesehen von dem Streit alles in Ordnung oder hatte Eddie noch Zoff mit jemand anderem?"

Alwin schaute zu Stefan, der brav am Tee nippte. Stefan machte eine verneinende Geste, alles wie immer.

„Moment", wandte Alwin ein. „Es war überhaupt

nicht alles wie immer. Da kann ich Ihnen gleich einiges erzählen."

Alwin ging ins Haus zurück und als er wiederkam, hatte er frisch gebackene Brötchen dabei, Butter, Marmelade und Kaffee. Auf einer Kuchenplatte, die wie Omas Erbstück aussah, lagen mehrere Stücke Zwetschgendatschi mit Butterstreuseln. Er deckte den Tisch und völlig selbstverständlich stellte er auch Dolores Teller und Besteck hin und er hatte für den Datschi auch eine Schüssel Schlagsahne dabei.

„Bananen-Kardamom-Brötchen", sagte Alwin und zeigte nicht auf den Datschi, der schon eine Wespe mit seinem Duft anlockte, sondern auf einen Flechtkorb mit Semmeln. „Nach einem indischen Rezept, das wir in Goa bekommen haben, als wir auf Weltreise waren. Die sind ein wahrer Genuss, Sie müssen eins probieren, unbedingt."

Also nahm Dolores sich eines der heißen Brötchen. „Was war nun das Drama in Wacken?"

„Ein wahres Drunter und Drüber!", seufzte Alwin. „Wissen Sie, Frau Gräber, wir fahren jedes Jahr nach Wacken, also der Bärli und ich, wenn es sich einrichten lässt. Der Eddie auch, sofern Maiden spielt oder Equilibrium. Manchmal müssen wir aussetzen, weil beruflich oder privat was dazwischenkommt, aber grundsätzlich sind wir immer in Wacken. Mit dem, was wir am Leib tragen, und ein bisschen Reserve im Rucksack. Wir haben ein Zelt dabei, weil es nicht mehr braucht. Alles, was man sonst braucht... Wacken ist Festival pur, man *braucht* einfach nicht mehr als ein Zelt und eine Kreditkarte."

So weit, so gut, fand Dolores. „Dieses Brötchen ist unglaublich lecker, kannst du mir das Rezept geben?"

„Ist auf Insta gepostet", nickte Alwin. „Dieses Jahr waren nicht bloß Bärli und ich und Eddie in Wacken, sondern eben auch die anderen. Anfänger! Neulinge! Die hätten mit ihrer Ausrüstung eine Arktis-Expedition machen können. Die hatten alles dabei, von *Aluschale* bis *Zahnreinigungsgerät, elektrisch.* Seit Januar haben sie sich jede Woche getroffen, um einen genauen Plan zu machen, wer was mitnimmt und wer sich worum kümmern muss. Das war die Hölle. Die Bands sind denen nämlich am Allerwertesten vorbeigegangen. Und dabei war der Gene mit seiner Ibanez ein echter Ohrenschmaus, was man so hört."

Stefan schnaubte, aber Alwin ignorierte ihn. „Wacken soll Spaß machen, aber mit denen war es eher anstrengend. Das war weniger ein Festival für

Metal-Fans, als eine rundum-sorglos-Kreuzfahrt für Frührentner."

Stefan räusperte sich.

„Was denn?", schaute Alwin ihn fragend an. „Etwa nicht? Die Liste der Gegenstände, die du mitnehmen solltest, ist drei Seiten lang und da sind so bizarre Dinge drauf wie ein pfundschwerer Hammer, eine Kabeltrommel, eine Biertischgarnitur und ein Solarmodul für die tragbare Stromversorgung. Ich meine: Hallo? Es geht nach Wacken. Wacken!" Er schüttelte den Kopf. „Und dann kam Säbelzahn mit der Kühlschrank-Idee und die anderen sind voll darauf abgefahren. An jeder Ecke gibt's was zu Saufen, aber die Prolos wollen einen Kühlschrank samt Getränken und Grillwürsten mitschleppen."

Stefan rieb Daumen und Zeigefinger gegeneinander.

„Ja, ja", maulte Alwin. „Weil's Bier vom Discounter billiger ist als das Bier vom Festgelände. Nach Wacken fahren, aber jeden Cent umdrehen." Er tippte sich an die Schläfe. „Der Eddie hat ein paar tausend Euro für seine ganzen Tattoos ausgegeben, aber beim Festival muss er auf die Kohle achten. Der Jonathan hat sich die Zähne richten lassen für dreißig Riesen, aber die Pommes für zwölf Öcken sind ihm zu teuer. Bei denen hakt es doch!" Er klopfte sich immer heftiger gegen die Stirn. „Die haben sich sogar Spitznamen ausgedacht, um cool zu klingen! Cool! Mit Anfang fünfzig! Mei, Pesado hört sich schon besser an als Hans-Rüdiger Steininger und der wäre wahrscheinlich froh, wenn er wieder fünfzig wäre."

Dolores hatte das Brötchen verspeist und für äußerst gut befunden. Sie spülte mit etwas Wasser nach. „Also war die Stimmung bereits bei der Reiseplanung nicht ganz so gut?"

„Grottenschlecht", meinte Alwin. „Richtig gut drauf war die ganze Truppe bloß im Januar, als sie die Tickets gekauft haben. Danach ging es stimmungstechnisch steil bergab. Quasi wie mit dem Kühlschrank."

Dem Stefan waren die überlangen Nächte mittlerweile deutlich anzusehen. Er gähnte lange und zwinkerte mit wässrigen Augen. Er hatte sich Zwetschgendatschi genommen und einen ordentlichen Klecks Sahne.

„Weißt du", fragte Dolores, „wann der Eddie gestern gegangen ist?"

Stefan zuckte die Schultern und verzog beim Schlucken das Gesicht. Er hatte offensichtlich starke Halsschmerzen.

„Als ich", berichtete Dolores, „um kurz vor sechs von der Putzfrau geweckt wurde, war Eddie schon tot und alle anderen bis auf Wolfi weg. Ich kann mich an überhaupt nichts mehr erinnern. Alles ist futsch."

Stefan notierte wieder.

Dolores seufzte, als sie den Zettel las. „Du bist also um vier gegangen, da waren wir alle noch beim Saufen. Eddie auch?"

Stefan nickte.

Alwin legte ihm ein Brötchen auf den Teller. „Die sind noch heiß, du solltest was Warmes essen für deinen Hals. Frau Gräber, ungefähr um halb sechs habe ich den Eddie bei seinem Pickup stehen sehen, mit ziemlicher Schlagseite, aber ich hab mir nix dabei gedacht. Der hängt öfter sauber durch. Mein Bärli hab ich auf dem Weg aufgesammelt, was auch gut war, denn er hatte seinen Schlüssel vergessen." Das klang sehr vorwurfsvoll.

Stefan brummte in sich hinein.

„Weil du deinen Schlüssel so verdammt oft vergisst!", fuhr Alwin ihn an. „Du fährst ohne mich nach Wacken, auf dem Heimweg beim Tribute vorbei, nimmst keinen Schlüssel mit und bist grantig, wenn ich nicht fünf Minuten nach Ende der Hochzeit daheim bin. Mein liebes Bärli, die Fahrt von

Stuttgart hierher dauert nun einmal gute vier Stunden. Ist schließlich die halbe Autobahn wegen Bauarbeiten gesperrt und ich musste zwischendurch die Batterie laden, weil die Klimaanlage so viel Strom gezogen hat. Scheiß Hitze."

Dolores nahm sich ein zweites Brötchen und aß es, das tat auch ihrem Magen gut und brachte ihr Oberstübchen auf Touren. „Warum bist du am Trödler vorbeigefahren, wenn du von der Autobahn gekommen bist?" Da nahmen alle Leute, die sie kannten, nämlich die erste Einfahrt ins Dorf.

Alwin schaute sie nur kurz verdutzt an. „Die Burschen haben die riesigen Schilder für die Beachparty geholt und gleich eines in den Kreisverkehr gestellt. Frau Gräber, da warten Sie nicht, bis die muntere Bande fertig ist."

„Um halb sechs? Die sind früh auf."

„Lange wach", verbesserte Alwin. „Die waren auf der Kurbelwellenparty und haben die Zeit danach gleich zu nutzen gewusst."

Dolores stand auf. „Danke für eure Zeit und vielen Dank, Alwin, fürs Übersetzen und das leckere Frühstück. Stefan, alles Gute für die Stimme."

Alwin machte ein enttäuschtes Gesicht. „Sie haben ja den Zwetschgendatschi gar nicht probiert. Ein

Rezept meiner Oma, Frau Gräber, wollen Sie nicht ein Stück mitnehmen?"

Stefan begann eine lautlose Diskussion, dass er den Datschi gern behalten wollte und Dolores eh nicht den Knödel und den Datschi tragen konnte. Gleichzeitig reichte er ihr einen letzten Zettel, den Dolores auf dem Gehweg las. *Eddie pleite, Wacken von den anderen bezahlt.*

Wer soll als nächstes befragt werden? Oder geht's gar zur Auflösung?

Stefan	Seite 22
Glucksi	Seite 46
Hammer	Seite 80
Jonathan	Seite 104
Säbelzahn	Seite 130
Pesado	Seite 159

Obacht! Die Auflösung beginnt auf Seite 185.

Glucksi – Schlager-Fan auf Abwegen

Zwei Meter zehn. Breitschultrig. Seine Arme konnte er kaum am Körper anliegen lassen, seine gewaltige Wampe hing über den Hosenbund. Es war heiß am ersten Augustwochenende und Glucksi schwitzte wie nochmal was. Schweißtropfen rannen ihm über die Stirn in die Augen.

„Morgen", sagte Dolores und dabei senkte sie den Blick. Ein winziger Hund tänzelte zwischen Gluckis Füßen und konnte sich offenbar nicht entscheiden, ob er vor Freude bellen oder vor Angst winseln sollte. Diese Chihuahuas…

„Morgen." Glucksi bückte sich und hob den Chihuahua hoch. „Das ist die Frau Gräber, Mäusele, bloß die Frau Gräber. Schau, die hat ihren Fisch dabei."

Der Hund wurde mit der Schnauze direkt an das Fischglas gehalten und Knödel guckte mit großen Augen auf den Hund, der so viel größer war. Langsam schwamm er rückwärts.

„Das macht er", erklärte Dolores, „weil er deinen Hund noch nicht kennt. Beim nächsten Mal bleibt er vorne am Glas. Er ist nur Fremdem gegenüber misstrauisch."

„Aha." Glucksi setzte den Hund zurück auf den Boden. „Geh ins Körbchen, Mäusele." Der Hund rannte davon.

Sein kritischer Blick strich über die Nachbarshäuser, wo sich augenscheinlich nichts rührte. Er zog die Nase hoch. „Ich wette, diese Hexe von gegenüber spioniert mich schon wieder aus… Ich hab ständig so ein Kribbeln auf der Haut, als würde sie mich mit Röntgen- oder Radarstrahlen durchleuchten. Kennst du das Gefühl?"

Dolores schaute sich um, ohne irgendwo ein Zeichen zu finden. Keine sich bewegenden Vorhänge, keine sich drehenden Kameras, keine als Gartenzwerge oder Blumentöpfe getarnten Bewegungsmelder. „Bist auch gerade erst heimgekommen?"

„Jeden Schritt", erklärte Glucksi mit langgezogenen Worten, „beobachtet sie mit Adleraugen. Wann wir kommen, wann wir gehen. Hauptsächlich geht es um mich. Diese neugierige Hexe will alles wissen und spioniert mich aus."

Dolores überlegte, wie seine Nachbarin hieß. Sie fand nicht einmal ein Gesicht dazu. „Deine Nachbarin?"

Er knirschte mit den Zähnen. „Die wühlt den Müll durch, ob sie Informationen findet, dabei sollte sie es langsam besser wissen. Ich verbrenne alles, was irgendwelche Daten enthält. Ich hab aus Angst vor Datenklau meinen neuen Personalausweis sogar in die Mikrowelle getan für dreißig Sekunden, damit der blöde Speicherchip darin deaktiviert wird." Dabei machte er ein ziemlich unglückliches Gesicht.

„Im Internet haben sie gesagt, das soll man machen, wenn man nicht überwacht werden will, aber anscheinend hat's keiner der Deppen selbst ausprobiert, sonst hätten sie mir gesagt, dass dabei die Mikrowelle flöten geht, weil es Stichflammen gibt und alles sofort zu brennen anfängt."

Dolores verstand. „Metall gehört auch nicht in eine Mikrowelle."

„Genau", nickte Glucksi ihr vielsagend zu. „Weiß ich jetzt auch, dass so ein Chip aus Metall besteht." Er winkte ab. „Mikrowellen sind eh ungesund. Die vernichten alle Nährstoffe und die darin erwärmte Nahrung hat absolut Null Nährwert mehr. Man verhungert, wenn man ausschließlich Essen aus der Mikrowelle zu sich nimmt."

Dolores kannte Leute, bei denen fast ausschließlich Fastfood aus der Mikrowelle auf dem Tisch landete, aber die wirkten alles andere als verhungert. Sie wollte jedoch keine Diskussion in dieser Richtung führen und inspizierte das Nachbarhaus sehr interessiert. „Ist es eine ältere Dame, die dich ausspionieren soll?"

„Schmarrn", seufzte Glucksi. „So ein junges Ding, keine dreißig Jahre alt und eindeutig mit einem großen Vogel im Kopf. Angeblich wird nämlich sie gestalkt und verfolgt und ausspioniert und angeblich bin ich es, der sie auf dem Kieker hat. Ich soll immer wieder in ihre Wohnung einbrechen und ihre Sachen verstecken oder die Schränke anders einräumen." Er tippte sich an die Stirn. „Warum sollte ich ihre Sachen herumräumen oder wissen wollen, was sie den ganzen Tag treibt? Ich hab genug mit mir selbst zu tun und mit der Familie." Sein böser Blick hätte das Nachbarhaus augenblicklich in Schutt und Asche legen können. „Sie ist es, die spioniert. Ständig pappt sie am Fenster und lurt und führt Protokoll, welcher Nachbar wann das Haus verlässt und wiederkommt. Also, hauptsächlich geht es um mich."

Dolores konnte rein gar nichts erkennen, das irgendwie einen verdächtigen Eindruck machte. Das Haus wirkte eher verlassen und leer. „Vielleicht ist sie verreist?"

„Verreisen?", schnaubte Glucksi. „Die? Die steigt in

kein Flugzeug, weil sie angeblich von den Amerikanern gesucht wird und angeblich schon mehrfach Flüge umgeleitet wurden, wenn die Amis jemanden schnappen wollen. Da siehst du es, Dolores, wie die spinnt! Was sollten sich die Amerikaner interessieren für ein Mädel, das irgendwo in einem oberbayerischen Dorf wohnt? Du, die meint sogar, die vielen Zugausfälle würde es geben, damit man sie besser überwachen, respektive daheim halten kann. Weil sie in Fürstenried arbeitet, aber man sie lieber daheim im Home Office überwachen will. Die dunklen Mächte." Er fasste sich ans Herz und rieb die Haut, gleichzeitig zeigte er außen um das Haus herum. „Können wir uns in die Laube setzen? Stehen ist nicht gut für meinen Kreislauf. Also, heute zumindest nicht. Und in die Laube kann das neugierige Ding nicht schauen."

Glucksi wankte voraus. Ein normales Gehen war bei seiner Körperfülle und seinem Gewicht nicht möglich. Jedes noch so kleine Hindernis zu überwinden, fiel ihm unsagbar schwer und er schnaufte. „Ich hab mir mal einen Spaß gemacht und ihr einen Drohbrief aus Zeitungsschnipseln in den Briefkasten gesteckt. Nichts Schlimmes. Bloß: Pass auf deinen Garten auf. Mei, das hat ein Bohei gegeben. Die hat den ganzen Garten umgegraben und die Erde durchgesiebt und sich dann mit der Lotte zusammen völlig neue Büsche und Rabatten zugelegt. Spinnerte Henne!"

Um das Haus herum, ein kurzes Stück durch einen kleinen Garten, hinein in die Laube, die eigentlich ein Pavillon war. Vier Stützpfosten, keine Vorhänge, kein anständiger Fußboden, bloß drei alte klapprige Hocker und allerlei Gerümpel darin. Dolores wollte Knödel auf einen Hocker stellen, aber er kippelte schon beim ersten Versuch und das war es nicht wert. Knödel kam auf den Boden zwischen die Füße, nachdem sie sich auf den stabilsten Hocker gesetzt hatte.

„Meine Frau", sagte Glucksi leise, „und die Kinder schlafen noch. Ich will sie nicht wecken."

Es war tatsächlich früh am Sonntagmorgen.

„Harte Tage", sagte Dolores. „Erst Wacken, dann Festival, zuletzt Trödler."

„Festival?" Glucksi dachte nach. „Ach, das Tribute? Nein, nein, da war ich nicht dabei. Tributes…" Er winkte ab. „Nur das Original, das ist meine Devise. Ich gehe nicht zu Tribute-Bands oder Cover-Bands oder dem anderen Quatsch. Echt oder nicht." Er langte hinter sich und fand eine Dose Bier, die staubig und schmutzig war. Eine Spinne hatte den Deckel in Beschlag genommen, aber Glucksi wischte sie weg. Beim Öffnen zischte nichts, er trank trotzdem.

„Die anderen", sagte Dolores, „die waren beim Tribute und anschließend beim Trödler. Eine Woche richtig draufhauen."

„Absolut." Glucksi stellte die leere Dose zurück in die Ecke. „Ich hätte das Tribute gar nicht geschafft, selbst wenn ich gewollt hätte. Ich hatte den Anhänger dabei. Haben Sie mitgekriegt, oder? Die wackeren Bavaria-Recken in Wacken."

Er sagte das wie einen Zauberspruch und schickte einen mahnenden Blick hinterher. „Wir haben T-Shirts mit Logo und unserem Motto, Bettwäsche, Geschirr, Besteck. Wir haben alles mit dem Logo und unserem Motto machen lassen, das volle Merchandise-Programm. Fünf verschiedene T-Shirts haben wir machen lassen, für jeden Tag eins."

„Offensichtlich alle in der Wäsche..." Dolores hatte Notizen in ihrem Tablet und rief sie auf. „Da seid ihr mit ganz großem Kino losgezogen."

„Alles dabei, was man braucht." Glucksi lehnte sich entspannt zurück und den Kopf gegen einen Pfosten. „Man weiß ja nie, ob man alles hat, dort, wo man hinfährt. Deshalb nehme ich alles mit. Ich will auf alles vorbereitet sein." Mit geschlossenen Augen begann er aufzuzählen: „Grillgarnitur, Kohlen, Gas, Besteck natürlich, Vorzelt, Teppichboden, Dusche, Klo. Ich will nicht auf ein Sammelklo gehen, wo vor und nach mir tausend andere Leute gehen. Nicht mit mir. Nicht mit Glucksi." Er ließ sein typisches glucksendes Lachen hören, von dem sein Spitzname kam. „Ich hätte ja mit meinem Wohnmobil fahren wollen, weil's noch viel besser ausgestattet ist und auch eine ordentliche Matratze hat, aber für das Riesending hat's keinen Stellplatz mehr gegeben, weil die ganze muntere Truppe, also der Stefan und die anderen, viel zu spät mit Reservieren dran waren. Also hab ich das Auto mit Anhänger genommen und alles reingequetscht. Siebzehn Stunden Fahrt! Einfach. Wegen der vielen Baustellen und so und weil der Hans-Rüdiger, also der Pesado, ständig aufs Klo hat müssen. Das hat gedauert, weil der Milda immer hat mitmüssen."

„So, so." Dolores machte sich eine Notiz dazu. „Und die anderen?"

„Mei…" Glucksi zuckte die Schultern. Er zuckte plötzlich zusammen und schaute sich eifrig um. „Hat da was gesurrt?"

„Das", meinte Dolores, denn sie hatte kein Surren gehört und wollte sich nicht ablenken lassen, „hört sich nicht nach einem rundum gelungenen Ausflug an, nach einem Trip für echte Kerle mit einer Vorliebe für Heavy Metal."

„Mei…" Die Schultern wurden noch einmal gezuckt. „Da surrt doch was?"

„Ich höre nichts." Dolores legte den Kopf leicht schief und lauschte. „Schlechte Stimmung unter den Wackeren?"

„Mei…"

„Ich habe ein fürchterliches Erwachen hinter mir", sagte Dolores, „mit dem Kopf auf dem Tisch. Mir ist nicht nach Bohren und Stochern, also red endlich. Gestern beim Trödler wart ihr alle dicke Kumpels und habt auf lebenslange Brüderschaft getrunken."

„Kumpels", seufzte Glucksi, „waren wir vor Wacken und vielleicht noch auf der Heimfahrt, aber je näher die Heimat gerückt ist, desto mehr ist der ganze Stress hochgekocht. Wissen Sie, Frau Gräber, es war ja alles so gut durchgeplant. Wir hatten wirklich alles dabei, also vom Grill bis zum Würstel und vom Bierglas bis zur Zapfanlage für die Fässer. Alles hatten wir dabei, sogar eine mobile Geschirrspülmaschine, damit niemand Spülhände haben muss, aber dann…" Er fand eine zweite Dose Bier hinter einem schimmligen alten Kissen und trank, obwohl auch diese Dose beim Öffnen nicht zischte. „Der Eddie und der Pesado wollten überhaupt nicht bei uns sein und grillen. Die sind pausenlos auf dem Festgelände rum, also rein, sobald die Tore aufgehen, und raus, wenn die Putzkolonne mit dem Besen kommt. Da kalkuliert man einen extra großen Grill ein, damit die Würstel für alle langen, und die beiden und der Milda sondern sich ab und drehen ihr eigenes Ding und schauen die ganze Zeit die Bands an. Der Hans-Rüdiger hat irgendwie ständig gemeint, er würde alle Leute kennen. Mit allen war er dicke befreundet und hat sich mit denen rumgetrieben." Er knautschte die Dose zusammen. „Der Eddie hat gemeint, er hätte von Anfang an gesagt, dass wir ihm zu viel Zeug mitschleppen und alles überflüssig sei und deshalb hätte er sich aus der Planung auch rausgehalten. Ich dachte, er würde nix sagen, weil er froh ist, wenn jemand anderes plant. Schöne Scheiße."

Nebenan hörte man einen Rollo, der nach oben gezogen wurde, und Dolores vermutete, es könne vielleicht die neugierige Nachbarin sein, die ihre

Spionagetätigkeit aufnahm, aber Glucksi sprang nicht in Alarmstellung, sondern verdrehte bloß die Augen. „Herrschaft, dass dieses Kind nicht mal am Sonntag länger schlafen kann." Er schaute auf die Uhr. „Der Teenie schläft ja wie ein Stein, aber die Kleine krabbelt immer so früh aus den Federn. Wie der Hammer, der leidet auch unter seniler Bettflucht."

„Hammer?" Dolores konnte sich vage an den Schreiner erinnern, der ihr beim Trödler gegenüber gesessen war. Etwa in ihrem Alter, mit dunklen Schatten unter den Augen und zitternden Händen.

„Der Hammer", erklärte Glucksi, „der muss nachts dreimal raus, weil er's nicht halten kann, und spätestens im Morgengrauen legt er sich nicht mehr hin. Dann hat er daheim seiner Holden Bericht erstattet. Eine Sprachnachricht nach der anderen. Die Vreni, die hat besser übers Festival Bescheid gewusst als ich, weil der Hammer ihr ständig alles brühwarm erzählt hat. Und Fotos hat der geschickt! Fotos und Videos en masse! Der Hammer hat allen ernstes gefragt, ob das Festgelände ihn nicht früher reinlassen kann, weil er ja schließlich schon auf ist. Damit er uns die besten Plätze sichern kann bei Schießmichtot und Wasweißich. Mei, ich hab keinen blassen Schimmer gehabt, wovon der überhaupt redet, aber wenn er sich nicht so viele Bands wie möglich angeschaut hätte, wäre daheim der Haussegen sauber schief gehangen. Irgendwie…" Der Glucksi kratzte sich die Wampe. „Irgendwie ist der mit dem Pesado verbandelt, aber ich hab's vergessen. Ich meine, in die Schule sind die nicht zusammen gegangen, da ist ja eine ganze Generation dazwischen." Sein Kopfschütteln löste woanders bestimmt ein Erdbeben aus, so heftig war es. „Das war ein furchtbares Festival. Festival! Von wegen! Alle schwarz angezogen und laut und krachert und vogelwild. Tätowiert und gepierct und überhaupt keine schöne Musik zum Mitsingen, das war alles… Laut. Einfach laut."

Dolores verharrte in ihren Notizen. „Warum fährst du dann nach Wacken mit? Ich bin nicht aus der Szene, aber seit dem Desaster vom letzten Jahr, wo alle im Schlamm versunken sind…"

„Weil's ein cooler Ausflug ist", seufzte Glucksi. „Jedenfalls hab ich das gedacht, bis mir die anderen so reingegrätscht haben. Damische Bande, blöde." Er machte einen tiefen Atemzug. „Wir haben extra eine Tabelle angelegt, wo man sich hat eintragen können, wer wann welche Bands anschaut, aber gleich am ersten Tag ist diese Liste übern Haufen geworfen worden. Die Herren haben sich umentschieden und lieber die Bands angeschaut, die gerade greifbar waren. Zefix, ich warte mit dem Grill voller Würstel und bloß weil irgendwelche Newcomer jetzt einen Auftritt hinlegen und die ersten Klimpergriffe gut klingen, taucht keiner der wackeren Bavaria-Recken auf. Schöner Reinfall. Die Würstel haben wir völlig verkohlt wegschmeißen müssen und als ich die ersetzen haben wollte, schließlich hatte ich die alle gekauft, meinte der Eddie, das sei nie ausgemacht gewesen. Mei, Eddie, hab ich ihm geantwortet, bei dir schreibt man's auf die Liste, du hast bei jedem Schulden angehäuft. Da war der Eddie eingeschnappt und noch mehr beleidigt war er, als der Typ vom Zeltverleih gekommen ist und gesagt hat, er dürfe seinen uralten Kühlschrank vielleicht aufstellen, aber keinesfalls anschließen, weil das Ding so viel Strom zieht. In ganz Wacken war der Strom schon dreimal weg und die Leute vom E-Werk würden schon ausflippen, weil irgendwas so unglaublich viel Strom zieht."

„Oha."

„Genau", nickte Glucksi und schielte dabei wieder mit einem Auge Richtung Wohnhaus. „Sobald die

Kleine mich sucht, muss ich reingehen, Dolores, bitte nicht böse sein, aber nach einer Woche Wacken kann ich mich nicht schon wieder vor der Spielzeit drücken. Ich hab's der Kleinen versprochen."

„Den Eddie…", begann Dolores Gräber.

„Der schuldet mir zwei Riesen. Drei-dreiunddreißig fürs Ticket, fünf Grüne fürs Zelt, zwei für die Ausstattung, die ich ihm besorgt habe, seinen Anteil am Sprit und vor allem das ganze Zeug, das ich ihm gekauft habe in Wacken: Verpflegung und Getränke und Merchandising, weil der Trottel kein Bargeld mit hatte und keine seiner Karten lesbar war."

„Er fährt ohne Geld nach Wacken?"

„Dafür hatte der Hammer ein Solarmodul dabei, das den Kühlschrank stundenweise annähernd ausreichend versorgt hat", nickte Glucksi. „Sowas lege ich mir auch noch zu, fürs Wohnmobil. Mit dem Solarpaneel und der Batterie ist man für einige Stunden wirklich autark, je nachdem, was man laufen lässt." Er rutschte auf seinem Hocker recht nervös herum und begann hinter den Blumentöpfen, die am Boden in einer Ecke standen, nach einer weiteren Bierdose zu suchen. „Verhungern und verdursten lassen wollte ich den Eddie nicht. Der Jonathan schon. Der hat gesagt: Zahlst mir die

Schulden vom Konzert im Juni, dann können wir über einen neuen Kredit sprechen. Wissen Sie, Frau Gräber… Also, weißt, Dolores, wir haben gestern ja Brüderschaft getrunken… Im Juni war AC/DC in München und da sind der Eddie, der Säbelzahn und der Jonathan hingegangen. Der Jonathan hat die Karten besorgt und bezahlt und obendrein einen Fuffi fürs ganze Bier ausgelegt."

Knödel hatte mittlerweile genug von den Blubberbläschen, die Dolores mit dem Batterie-Sprudelstein ins Wasser gesprudelt hatte. Er interessierte sich mehr für die kleine Blasenschnecke, die er unter einem Blatt entdeckt hatte. Mit großen Augen und fokussiertem Blick begann er auf die Jagd zu gehen.

„Für mich", winkte Glucksi ab, „ist das nix. Die Autobahn in die Hölle ist mir zu rabiat und auch von den Höllenglocken will ich nix hören. Nein, Frau Gräber, es gibt diesen Rock und es gibt diesen Rock und diesen Rock mag ich einfach nicht. Der Fendrich, der ist mir wild genug."

Dolores hatte keine Ahnung, wer dieser Fendrich war, aber sie hatte auch keine Lust auf eine Unterrichtseinheit in Musikgeschichte. Am Haus vorbei kam eine Katze geschlichen, die mit großen

Augen auf Dolores und Glucksi schaute. Wahrscheinlich hätte sie nie damit gerechnet, um diese Uhrzeit jemanden in der Laube sitzen zu sehen.

„Surrt da was?", fragte Glucksi erneut und schaute sich um. „Diese Hexe treibt mich noch in den Wahnsinn, ständig höre ich es surren und summen wie von Kameras, die ranzoomen, oder Drohnen, die über mir fliegen. Immer dieser helle Summton."

Dolores hörte nichts. „Hast du…", begann sie, aber die Terrassentür ging auf und ein kleines Mädchen im Schlafanzug schaute heraus. „Papa? Papa!"

„Jessas, Himmeldonnerwetter, jetzt muss ich los." Wie von der Tarantel gestochen sprang Glucksi auf und eilte auf die Terrasse. „Schon gut, mein Engel, ich war bloß kurz draußen."

„Eine rauchen?", fragte das Mädchen. „Das stinkt immer so. Mama sagt, du sollst nicht rauchen."

„Ich rauche doch nicht…"

Die Kleine hob streng den Zeigefinger. „Was Mama sagt, muss man machen. Sie ist der Chef."

Glucksi salutierte und schlug die Hacken zusammen. Er ging ins Haus, ohne ein weiteres Wort zu Dolores zu sagen. Der kleine Chihuahua kam herausgestürmt. Er flitzte heran und schnüffelte sofort an Dolores' Hosenbein. Knödel ignorierte ihn.

Wenn er auf Schneckenjagd war, konnte egal was außen herum passieren. Trotzdem nahm Dolores das Spazierglas hoch, nicht dass der Hund das Glas aus Versehen umstieß oder hineinsabberte.

„Mäusele!", hörte Dolores eine Frauenstimme und gleich darauf streckte Glucksis Frau den Kopf zum Garten. „Mäusele, hat das Herrli gesagt, du darfst aufstehen? Das Herrli hat gesagt, du sollst im Körbchen bleiben und schlafen. Mäusele! Mäusele!"

Dolores machte sich bemerkbar. „Der Hund ist hier!"

Glucksis Frau kam zur Laube herüber. „Hat das kleine Biest Sie gebissen? Sie schnappt gerne zu." Sie hob eine Hand in die Höhe und zeigte einen dilettantischen Verband.

„Nein, hat sie nicht."

Glucksis Frau runzelte die Stirn. „Was machen Sie überhaupt in unserer Gartenlaube? Und haben Sie da einen *Fisch* dabei?"

Die Frage nach dem Fisch ignorierte Dolores. „Ich wollte Glucksi nach dem Eddie fragen, aber eure Tochter ist mir dazwischen gekommen."

„Eddie." Sie verschränkte die Arme und schnaubte. „Der schuldet mir noch Geld, sagen Sie ihm ruhig einen recht schönen Gruß von mir, falls Sie ihn sehen. Vier Riesen für das Auto, das er von mir gekauft hat. Ich dachte, das wäre eine sichere Sache, schließlich kennt man sich im Dorf. Niemals hätte ich gedacht, dass der Eddie nicht bezahlt. Frau Gräber, seit vier Wochen fährt er mit dem Pickup, den ich von meinem Vater geerbt habe. Jetzt wollte ich ihn wieder anmahnen, schließlich ist er aus Wacken daheim, aber der Depp hat seinen Account abgemeldet und rührt sich nicht und ich glaube, er hat auch eine neue Handynummer. Wie es aussieht, werde ich ihm den Igor auf den Hals hetzen."

„Igor Brankowitsch?" Dolores kannte den schwarz angezogenen, heftig tätowierten, immer grimmig guckenden Mann bloß vom Kaffeetrinken im Dorfladen. Wenn er auftauchte, verstummten für einen Moment alle Gespräche und die Leute mit schlechtem Gewissen verzogen sich eilig. „Gehört der zur Mafia?"

„Quatsch." Glucksis Frau hatte eine leere Bierdose gefunden und begann hinter den Blumentöpfen nach weiteren zu suchen. „Igor hat ein Inkassobüro, ganz offiziell. Aber sein Name und der böse Blick helfen schon, wenn er Schulden eintreiben will. Man reagiert halt ganz anders auf einen Igor Brankowitsch mit Tattoos überall als auf einen Friedrich Müller im geblümten Hemd." Sie lachte

63

auf. „Einmal hat der Igor an der falschen Tür geklingelt, aber der Mann, der dort wohnte, hat sofort den Geldbeutel gezückt und wollte ein Zeitschriftenabo bezahlen, dem er zwei Tage zuvor widersprochen hatte."

Dolores Gräber wartete, bis Glucksis Frau hinter den Blumentöpfen hervor war: „Das war also euer Pickup?"

„Meiner", verbesserte Glucksis Frau. „Mein Vater ist kurz nach Weihnachten gestorben und ich habe seine Autosammlung geerbt. Da ist nichts Großartiges dabei, also kein Rolls Royce oder so, aber es läppert sich halt. Hier ein paar Tausender, dort ein paar. Einer aus Starnberg hat die Corvette gekauft, der alte Käfer ging nach Österreich und den Pickup, den hat der Eddie gekauft und sich sofort den Eddie von Maiden auf die Motorhaube kleben lassen. Wollte er sich vom Säbelzahn machen lassen, schließlich hat der so eine Beklebe-Firma für Autos, aber dann ist da was schiefgegangen mit dem Termin und der Eddie ist extra nach Passau gefahren mit dem Pickup, weil er den Sticker in Passau am günstigsten gekriegt hat. Mei, für so'n Scheiß ist Geld da, aber dass er mir meine Kohle bringt, auf die Idee kommt er nicht."

Dolores nickte verstehend. „Auweh, und dann noch

das Geld für Wacken…"

„Wacken?" Der Tonfall wurde merklich kühler. „Wacken!?"

„Ups." Anscheinend wusste Glucksis bessere Hälfte nichts von dem Geld, das noch fehlte.

„Hat der Eddie sich Geld von meinem Mann geliehen? Auch von ihm? Ich hoffe, es ist kein hoher Betrag? Frau Gräber, wissen Sie, wie viel es ist?" Dolores hob zwei Finger.

„Zweihundert?", vermutete Glucksis Frau. „Das geht ja grad noch."

„Zweitausend", schränkte Dolores ein. „Fürs Ticket, die Unterkunft und alles."

„Zweitausend Euro für so einen Scheiß!" Glucksis Frau schien nachzudenken, ob sie ihm sofort den Kopf abreißen ging oder lieber noch warten sollte. „Verstehe eh keine Sekunde, was die alten Männer in Wacken wollten. Ich meine, der Eddie ist ein mega Fan, da geht der natürlich hin. Aber mein Mann? Der Glucksi? Frau Gräber, bis vor einem halben Jahr hieß der fei noch ganz normal Martianus-Konstantin, bis diese Deppen auf die Idee gekommen sind einander Spitznamen zu geben. Weil's cooler klingt. Ich dachte, wer nach Wacken geht, ist zwangsläufig cool, aber die alten Männer wollten Spitznamen haben."

„Naja", fand Dolores, „so alt sind sie auch noch nicht."

„Der jüngste", wusste Glucksis Frau, „ist achtundvierzig, der älteste vierundachtzig. Ja, Sie hören richtig, der Bartl wollte auch mitkommen, aber er hatte letzte Woche einen Schlaganfall und liegt seitdem in der Klinik. Aber sie hätten ihn mitgenommen. So ein Schwachsinn! Die haben gesucht, ob es ein Wellness-Hotel mit Spa-Bereich und veganer Küche gibt. Weil der Dingens seit neuestem Veganer geworden ist. Diese Deppen! Um es mit dem Fendrich zu sagen: Wenn das kein Beweis ist…"

„Also…"

„Meine Oma", unterbrach Glucksis Frau, „hat immer gesagt, wenn der Mensch spinnt, gibt er Zeichen, und diese Zeichen waren deutlich. Bis auf den Eddie und den Stefan, unseren Rocker vom Dienst, hatte niemand was in Wacken zu suchen, weil da kein deutscher Schlager gespielt wird." Sie nickte zu Knödel im Glas. „Wollen Sie in die Küche kommen und einen Kaffee mit mir trinken? Ich hab auch von gestern noch Kuchen da? Der Martianus-Konstantin spielt jetzt erstmal mit unserer kleinen Charlotte-

Walpurgis."

„Gern", nahm Dolores das Angebot an, denn sie war noch nicht am Ende mit ihrer Befragung. Als sie auf die Terrasse traten, wo die Tür offenstand, schaute Dolores zur Nachbarin hinüber. „Und? Alles gut mit der neuen Nachbarin?"

Der Chihuahua knurrte und Glucksis Frau nahm ihn hoch. „Als die eingezogen ist, dachte ich noch, es ist schön, mal was Jüngeres nebenan wohnen zu haben. Schön, wenn ein junger Mensch sich ein Haus leisten kann. Scheint sich Arbeit also doch zu lohnen, wenn man fleißig und tüchtig ist, aber diese Frau hat einen Schatten. Die klingelt öfters mitten in der Nacht, weil sie meint, über unserem Haus würde eine Drohne kreisen. Eine Drohne! Sie behauptet, sie würde immer wieder Drohnen im Dorf fliegen sehen und das wäre auf keinen Fall erlaubt." Sie verdrehte genervt die Augen. „Ich bitte Sie, Frau Gräber, wer würde im Dorf Drohnen fliegen lassen und den Krempel in unserem Garten filmen? All das Zeug, das die Kleine rumliegen lässt? So ein Schmarrn!"

Dolores durchquerte ein mit Holzmöbeln und Teppichboden eingerichtetes Wohnzimmer in eine bäuerlich wirkende Küche aus Holz. Als sie Knödel auf dem Tisch, der zur Eckbank gehörte, abstellte, sagte sie beiläufig: „Der Eddie ist heute früh tot aufgefunden worden."

Glucksis Frau schnaubte. „Schöne Scheiße. Zu viel gesoffen oder zu viel genommen? Ich habe ihm vor zwanzig Jahren schon gesagt, es ist eine beschissene Idee, sich Pillen auf dem Discoklo andrehen zu lassen. Da weißt du nie, ob's von den Drogen kommt oder du einen Infekt aufgeschnappt hast."

Von oben hörte man das Trippeln von schnellen Kinderfüßen und ein heiseres Lachen. Kurz darauf tönte Glucksis Stimme: „Ich fange dich und fresse dich! Ich bin das böse Schokoladenmonster!"

Glucksis Frau drückte einen Knopf am Kaffeeautomaten. „Also? Wie hat's den Eddie erwischt?"

Dolores schob Knödel in die Mitte des Tisches, gerade als der Chihuahua mit beherzten Sprüngen versuchte ebenfalls auf den Tisch zu kommen. Da fehlte es himmelweit.

„Der Kühlschrank", sagte Dolores und schaute dem Hund bei seinen Mühen zu. „Der Kühlschrank ist von der Ladefläche gerutscht und hat den Eddie zerquetscht. Vielleicht war die Halterung der Klappe defekt, aber das muss die Spurensicherung rausfinden."

Glucksis Frau stellte ihr einen Espresso hin. „Das glauben Sie selber nicht. Der Pickup war zwar alt, aber keine Rostlaube. Von allein geht die Ladeklappe fei nicht auf, da braucht es Nachhelfen. Mit zwei Fingern ist das nicht gemacht, eher mit zwei kräftigen Schlägen."

Hüpf. Hüpf. Hüpf-hüpf. Der Chihuahua war ausdauernd.

„Deshalb bin ich hier", nickte Dolores. „Weil mir die Umstände merkwürdig vorkommen. Wann war der Glucksi heute Nacht denn daheim?"

„Heute früh." Mit strengem Blick Richtung Treppe nippte sie an ihrer Tasse. „Er ist um kurz vor sechs heimgekommen. Frau Gräber, das ist eine Unverschämtheit. Er wollte sich heimlich hintenrum über die Terrasse in Haus schleichen, aber natürlich habe ich es mitbekommen. Um halb sechs war ich nämlich fix und fertig angezogen für meine sonntägliche Joggingrunde und habe auf meinen Mann gewartet, damit unsere kleine Charlotte-Walpurgis nicht allein im Haus ist. Sie ist erst fünf und auf den Teenie ist kein Verlass. Wenn der schläft, kann ihn nichts aufwecken."

Davon war Dolores überzeugt, denn im Obergeschoss tobten Glucksi und seine Tochter laut schreiend herum. Jeder andere Mensch wäre längst aufgewacht und hätte sich wegen des Lärms beschwert, aber den Teenager bekam Dolores nicht zu Gesicht.

„Kurz vor sechs…", wiederholte Dolores nachdenklich.

„Der Martianus-Konstantin", sagte Glucksis Frau streng, „ist fei kein Mörder. Vielleicht hat der Heimweg vom Trödler länger gedauert, aber ist das ein Wunder, wenn man sternhagelvoll ist? Ha?"

Der Espresso schmeckte hervorragend, obwohl es keine Siebträgermaschine war, sondern bloß eine Pad-Maschine. Dolores trank gleich alles auf einmal aus. „Sie kannten einander schon länger, Sie und der Eddie?"

Sie zuckte die Schultern und nahm ein Stück Zwetschgendatschi in die Hand, von dem Berg, der in der Tischmitte auf einem Teller lag. Hauchdünner Hefeteig, viele Zwetschgen, alles in handliche Stücke geschnitten, die mit wenigen Bissen verzehrt waren.

„Wir sind miteinander in der Abschlussklasse gewesen. Ich hab die dritte übersprungen, er die achte nochmal gemacht, also waren wir im selben Abschlussjahrgang, obwohl der Eddie drei Jahre älter war als ich. Er hat sich damals schon Eddie genannt, weil er ein großer Maiden-Fan war. Der Eddie, der kannte Maiden schon, als wir anderen Tina Turner angehimmelt und Kassetten im Radio aufgenommen haben." Sie setzte sich an den Tisch und hob den Chihuahua auf ihren Schoß. „Jetzt gibst aber Ruhe, Mäusele. Leg dich hin und schlaf." Der Hund schleckte erst über die Datschi-Finger, ehe er sich zusammenrollte. „Ich hätte mir denken können, dass es mit dem Geld für den Pickup nix wird. Der Eddie war in der Schule schon ein Hallodri, ein Baazi, eine Labertasche. Viel Bla-Bla, nix dahinter, aber dass er unterm Kühlschrank… Fürchterlich! Er hat sich zum Abschlussball mit vier Mädels verabredet und ist gar nicht gekommen." Sie seufzte. „Wer erbt jetzt alles?"

„Alles?" Dolores konnte sich ein Vermögen auf Eddies Konto nicht vorstellen. „Wie viel ist dieses *Alles*? Ich dachte, er hätte überall Schulden?"

„Das Häuschen", wusste Glucksis Frau. „Das Häuschen, in dem er wohnt, gehört ihm doch. Es ist alt und nicht viel wert, aber der Grund gehört ihm auch und in bester Lage ist der schon was wert. Das dürfte eine Million sein. Vielleicht zahlt mir der Erbe ja den Pickup, einen Versuch ist es wert." Sie grübelte eine Weile. „Die Steffi wird nichts erben, wo die sich so zerstritten haben."

Gegenüber vom grünen Haus, in der Höhlmühler Straße, wusste Dolores, gab es tatsächlich ein kleines Häuschen aus der Nachkriegszeit in einem riesigen Garten. Früher hatten die Leute große Grundstücke gehabt, um einen Garten zur Selbstversorgung anlegen zu können, heute stand Omas verfallene Bruchbude ohne fließend Heißwasser oder Heizung auf einem Millionenwert.

„Ich weiß nicht", überlegte Dolores. „Soweit ich weiß, hat er keine Kinder oder Geschwister."

„Eine Cousine…" Glucksis Frau grübelte. „Ich glaube, die wohnt im Schwäbischen. Ich frage die Evi von der Gemeinde, die könnte es wissen. Oder die Karla, die wohnt neben dem Eddie und könnte es auch wissen."

„Karla?", fragte Dolores nach. „Die Frau vom Säbelzahn?"

„Ex", verbesserte Glucksis Frau sofort. „Getrennt seit rausgekommen ist, womit sie ihre Brötchen verdient." Sie senkte die Stimme: „Pornos. Privat-Pornos. Hat mir mein Mann erzählt, aber ich soll es nicht weitertratschen. Sie takelt sich auf, mit Perücke und Schminke, dass niemand sie erkennt, schleppt irgendwelche Typen ab und vögelt auf Teufel komm raus vor versteckter Kamera. Von wegen Nachtschicht im Altenheim… Die knattert alles, was bei drei nicht auf dem Baum ist. Sogar eine kleine Wohnung hat sie sich dafür eingerichtet, mit riesigem Bett und Schränken voller Spielzeug und so. Dummerweise hat sie den Eddie aufgerissen und als das Video entdeckt wurde und reihum ging…" Sie schüttelte vorwurfsvoll den Kopf. „Der Säbelzahn hat die Karla sofort rausgeschmissen und die Lotte hätte ihren Hans-Rüdiger auch hochkant rausgeworfen, wenn der Hans-Rüdiger nicht dement wäre und nichts für den Scheißdreck kann, der sich auf seinem Computer tummelt. Wahrscheinlich war es der Vollzeit-Pfleger, der auf den Hansi aufpasst, aber misstrauisch ist die Lotte schon geworden, ob der Hans-Rüdiger wirklich so dement ist, wie er immer tut. Das hat einen ordentlichen Knacks gegeben, soviel ist man sicher. Mei, die behält ihn halt, weil's eh bloß eine Frage der Zeit ist, bis der Alte stirbt. Ohne diesen Pfleger wäre er schon längst hinüber."

„Dann hat der Eddie", überlegte Dolores, „mehr als eine kaputte Beziehung auf dem Kerbholz."

Glucksis Frau schaute in ihre leere Espresso-Tasse. „Die Steffi kommt sie ja erst heute mit dem Zug, weil sie nicht im selben Auto fahren wollte. Tja, wenn man sich nicht bremsen kann… Wenigstens einer in einer Beziehung muss sich unter Kontrolle haben. Wollen Sie noch was trinken, Frau Gräber? Oder ein Stück Kuchen? Greifen Sie bitte zu, jederzeit."

„Nein, danke." Auf dem Kuchen, der anscheinend schon länger auf dem Tisch stand, fanden sich mehrere Katzenhaare. Außer dem Chihuahua wohnte wohl noch ein felliger Freund im Haus. Dolores stand auf und nahm Knödel hoch. „Und so etwas in unserem Dorf…"

Glucksis Frau schnaubte. „Stille Wasser sind tief, Frau Gräber, und unsere Gewässer hier im Dorf kräuselt keine Welle."

Dolores hatte den Gehweg noch nicht erreicht, da hatte Glucksis Frau die Haustür schon wieder geschlossen. Dolores schaute die Straße entlang zu dem Haus, wo die junge Frau wohnte. Vorhänge, adretter Vorgarten, aufgeräumt. Drohnen…

„Das mit die Drohnen", wisperte eine Stimme hinter einem großen Haselnussbusch, der zu Glucksis Haus gehörte, „das mit die Drohnen ist sisch schon rischtisch."

Es war nicht die junge Frau von nebenan, sondern das Medium. Jetzt im geblümten Sommerkleid und natürlich mit dem obligatorischen Pendel in der Hand. Sie sprach mit starkem französischem Akzent. „Abe isch gese'en die Drohnen, wie sie fliegen in die Nascht über le Dorf immer und immer wieder." Sie kam etwas näher zu Dolores und senkte die Stimme noch mehr. „Zuerst isch abe geglaubt, es wären Ü-fos, aber dann isch daschte misch: Ü-fos? Zut alors, so eine Quatsch mit Soße. Gibt sisch viel auf die Welt, aber keine Ü-fos."

Dolores nickte zustimmend und biss sich gleichzeitig auf die Zunge, damit sie nicht ausplauderte, was sie längst über die Drohnen wusste.

„Glaube isch", fuhr das Medium fort, „ist sisch eine ge'eime Versuch von die Militär. Von Gebirgsjäger, bloß die zehn Kilometer entfernt."

Dolores zwang sich zu einem ruhigen Atemzug. „Brauchen unsere Gebirgsjäger Drohnen?"

„Wirklisch jeder", nickte das Medium, „braucht Drohnen und Dischitalisierung. Madame, Ihre Aura mascht misch Sorgen." Sie hielt das Pendel dicht vor Dolores' Gesicht und summte dabei. „Keine gesunde Eindruck Sie maschen eute. Ist Sie nischt gut?"

Dolores entfernte sich mit einem Schritt rückwärts aus der Pendelzone. „Lange Nacht."

Das Medium kicherte. „O la la, Madame, isch wusste nischt, dass Sie nosch Ambitionen aben… Oui, mein Nascht ist vorüber, aber eute Naschmittag isch masche weiter mit… Verspreschen nischts sagen? Madame, isch aben Rendezvous mit le Kini… O la la! Oben in die Wald'ütte." Sie verdrehte in großer Seligkeit die Augen. „Er at so ein groß Talent!"

Dolores unterdrückte ein Seufzen. „Madame Sibilla, wissen Sie Genaueres über die junge Frau von nebenan?" Sie zeigte auf das Haus eins weiter.

Das Medium ließ sofort die Schultern hängen und machte einen langen, schweren, kraftlosen Atemzug. „Ist sisch leider völlig unbrauschbar, la Madame von nebenan, weil at sie bloß ihr Arbeit in Kopf. Nischt l'amour, nischt le Essen, bloß ihr Arbeit." Das Medium schüttelte tadelnd den Kopf. „Ist sie Entwicklung von Kalkülation, Sie verste'en, Madame? Soooft-weeer."

„Software", nickte Dolores, „wie der Abdullah."

„Abdülla?" Das Lächeln auf den Lippen des Mediums wurde immer breiter. „Abdülla, o la la… Madame…"

Dolores fasste Knödels Glas fester. „Ich glaube nicht, dass die junge Frau etwas mit Eddies Tod zu tun hat. Kannte sie ihn überhaupt?"

Das Medium zeigte mit dem Daumen abfällig hinter sich. „Dies Person? Wenn über'aupt, kannte sie le Eddie aus die Internet, aber isch fürschte, in le Internet war le Eddie nischt ünterwegs. Eddie war…" Sie suchte nach Worten. „Real. Madame, Sie verste'en? Real. E'er körperlisch."

„Deswegen hatte er ja Zoff mit vielen Leuten."

„Soff?"

„Zoff", verbesserte Dolores. „Streit, Ärger."

Das Medium dachte kurz nach, während sie das Pendel vor Knödels Glas schwingen ließ. „Le petit poisson ist sisch topfit eute. Sollten Sie ören auf Ihre Fisch, Madame."

Dolores war sich sicher, dass Knödel gerade gegähnt hatte. Die lange Nacht im Glas machte ihn müde. Wahrscheinlich legte er sich daheim im Aquarium gleich für ein Nickerchen unter sein Lieblingsblatt.

„Madame Sibilla", wollte Dolores wissen, „schleichen Sie schon länger in dieser Straße herum?"

„Schleischen?" Das Medium entrüstete sich und schüttelte den Kopf, wobei ihre langen Ohrringe klimperten. „Isch schleische nischt, Madame, isch se'e nasch dem Reschten. Ob le Müll getrennt ist oder ob jemand vergessen at seine Schlüssel." Sie legte

77

einen Finger über die Lippen und zog gleichzeitig einen gewaltigen Schlüsselbund aus der Rocktasche.

„Nischt verpetzen, Madame, aber abe isch Ersatzschlüssel für fast jede Tür in le Dorf. Pst, Ge'eimnis."

Dolores starrte auf den Schlüsselbund und widerstand nur mit Mühe dem Impuls, diesen Bund an sich zu reißen und an der nächsten Tür auszuprobieren. Die Schlüssel sahen alle viel zu neu und gleichmäßig aus, um zu passen. Das Medium bildete sich etwas ein.

„Wollte isch elfen le Stefan, weil er doch atte vergessen seine Schlüssel, aber le Stefan at abgele'nt. Er at gemeint, er wartet auf seine Partner, der von einer Ochzeit eimkommen müsste. Wartet an die Wei'er, wo er kann schlafen o'ne Problem auf le Bank. Vor'er at gesucht Schlafmöglischkeit in Dorf, aber ist sisch schwer finden Schlafmöglischkeit o'ne vor'er fragen. Wollte schlafen auf Bierbank von le Trödler, aber at Reinigungskraft gesagt, nischt möglisch, muss anderswo schlafen fragen." Das Medium zuckte mit den Schultern. „Isch ätte mit eine Griff elfen können, dank meine Schlüssel, aber wer nischt will, at schon."

Einigermaßen erstaunt schaute Dolores ihr

hinterher, als sie die Straße entlang Richtung Dorfmitte schlich und dabei an der Ecke vorn mit einem Hibiskus zu sprechen begann.

Wer soll als nächstes befragt werden? Oder geht's gar zur Auflösung?

Stefan   Seite 22
Glucksi   Seite 46
Hammer   Seite 80
Jonathan   Seite 104
Säbelzahn   Seite 130
Pesado   Seite 159

Obacht! Die Auflösung beginnt auf Seite 185.

Hammer – Schwermetall ist nicht sein Ding

Das letzte Haus auf der rechten Seite, bevor das Dorf zu Ende war, dort lebte Hubertus Nagel. Er war in vierter Generation Schreiner und wurde von allen *Hammer* gerufen, weil sein Vater der *Hobel* war, sein Großvater der *Leimer* und sein Urgroßvater natürlich der *Nagel* persönlich. Mit vier bzw. drei Nägeln im Dorf wäre es unübersichtlich geworden, denn tatsächlich verstarb der *Nagel* selbst, gerade als der *Hammer* sieben Wochen alt war.

Dolores brauchte nicht zu klingeln, denn der Hammer wuselte um seinen Campingbus herum, der mitten in der geräumigen, weitläufigen Einfahrt stand. Die Dachbox war offen, der Kofferraum auch und außen um den Camper herum standen Taschen und Körbe, deren Inhalt zweifellos im und auf dem Bus verstaut werden wollte.

Beinahe wäre Dolores in einen Hundehaufen getreten. Sie konnte in letzter Sekunde ausweichen und dem feuchten Gebilde ausweichen. Es sah nicht ganz wie ein Hundehaufen aus, denn weiße Stückchen waren darin zu sehen. Vielleicht sollte sich das die Sonja mal ansehen, die war schließlich Tierärztin…

„Obacht!" Hammers Frau Vreni schleppte einen weiteren Korb heran und stellte ihn zum Van. „Pass fei auf, Dolores, da hat schon wieder so ein damischer Hund in unsere Einfahrt geschissen. Bist reingetreten? Herrschaft, der Gestank geht doch ewig nicht weg."

„Nein, nein, ich hab grad noch ausweichen können." Vreni lächelte zufrieden und wirkte trotzdem unglaublich gestresst. „Was bist so früh unterwegs, Dolores? Ist wieder Chorprobe? Mei, dass euch die elend langen Predigten vom Pater Notker nicht zu fad sind? Ich tät ja da nicht singen mögen." Sie wartete die Antwort nicht ab, sondern kehrte gleich wieder um und ging ins Haus zurück.

Hammer stand auf einer kleinen Trittleiter neben dem Bus und räumte Zeug in die Dachbox. „Chorprobe, so ein Schmarrn." Er nickte zu ihr herunter. „Du tust doch ganz am anderen End' wohnen vom Dorf, da brauchst nicht bei uns vorbeikommen tun, wennst zur Chorprobe magst. Gell, Dolores? Morrng!"

Dieser ausgeprägte Werdenfelser Slang beeindruckte Dolores immer wieder. Nirgendwo wurde das R hartnäckiger, länger und tiefer gerollt als in dieser Gegend. Sollte jemand aus diesem

Bayerisch einmal eine geschriebene Sprache machen wollten, brauchte es für dieses gerollte R ein neues Schriftzeichen.

„Guten Morgen", erwiderte sie und stellte Knödel in den offenen und noch leeren Kofferraum. „Fahrt ihr weg? Mitten in den Ferien? Zusammen mit dem anderen Pulk? Der Basistunnel ist teilweise gesperrt, da hat's kilometerlange Staus und an der Adria hat's eine Quallenplage wie seit Jahren nicht mehr."

„Jawoi", nickte der Hammer. „Weils mit dem Enkerl weggehen tut und der Kleine doch jetzt Schulferien hat. Da brauchst nicht glauben, dass du eine Befreiung kriegen tust, weilst entspannter in die Ferien fahren magst. Nix da! Die Rektorin hat klipp und klar gesagt, dass es keine Befreiung für Urlaub nicht geben tut, weil es sowas noch nie nicht gegeben hat und mit ihr auch nie nicht geben tun wird. Gell, Dolores, langst mir bittschön die Poolnudeln rauf?"

Dolores nahm drei knallgrüne Poolnudeln aus einem Korb und reichte sie dem Hammer. „Deshalb bist du gestern vom Trödler recht früh heimgegangen. Das war ja nicht mal Mitternacht und weit vor der ersten Runde Schnaps." Daran – immerhin – konnte sie sich erinnern.

„Jawoi", nickte der Hammer. „Da hätte mir die Vreni

sauber was erzählt, wenn ich betrunken oder übernächtig heimgekommen wäre. Sie war ja schon nicht einverstanden mit der Fahrt nach Wacken. Ich hab den Camper nicht mitnehmen dürfen, obwohl es so viel bequemer gewesen wäre."

„Weil", sagte seine Frau ernst, die schwer beladen mit einem weiteren Korb aus dem Haus kam, „ich den Camper saubergemacht habe für unsere Ferienfahrt. Magst etwa den kleinen Ferdinand im Dreck schlafen lassen, wo der arme Bub mit seinen Allergien eh so arg gequält ist?" Sie stellte den Korb ab und wischte sich den Schweiß von der Stirn.

„Weißt, Dolores, das kommt bestimmt von dem ganzen Öko-Zeugs, diese Allergien. Dreck macht Speck, hat meine Oma schon gesagt und die ist kerngesund mit hundertzwei gestorben. Wenn man die Kinder von allem fernhält, kann der Körper sich ja an nix gewöhnen. Jetzt haben wir den Salat. Der Ferdinand hat mehr Allergien als Mäuse in der Werkstatt wohnen und seit unser Kater vors Auto gelaufen ist, gibt es fei jede Menge Mäuse in der Werkstatt. Du, Hammer, ich hab fei noch drei volle Körbe im Haus stehen, das muss alles mit nach Kroatien."

„Kroatien", wiederholte Dolores. „So, so."

Vreni bog das Kreuz durch, dass die Knochen knackten. „Heute Abend geht es los. Dann kann der Kleine im Auto schlafen und wir fahren nach dem schönen Kroatien. Die haben mit den Preisen zwar auch recht angezogen, aber es ist immer noch billiger als in Italien. Stell dir vor, Dolores, am Gardasee! Ein Espresso fünf siebzig. Da fahren wir mal zum Frühstücken an den Gardasee und dann verlangen die fünf siebzig für einen windigen Espresso! Am Gardasee! Und dann war der Kellner sauer, weil ich ihm für einen Schluck Kaffee kein Trinkgeld geben wollte, aber dem hab ich was erzählt! Der schaugt die Apokalyptischen Reiter für eine Kindergartentruppe an, das kannst mir glauben. Fünf siebzig! Da kann er gleich seiner Nonna erzählen, wie grantig neuerdings die deutschen Tagestouristen sind."

„Du kannst Italienisch?"

„Brauchst nicht können, die verstehen alle Deutsch." Sie verschwand wieder im Haus.

„Dolores, magst mir jetzt bitte die Handtücher reichen? Die grünen, nicht die gelben." Hammer hatte eine Hand bereits ausgestreckt. „Die gelben tun kommen später."

Zwischen all dem Kochgeschirr und den Dinkelmehlpackerl brauchte es einige Sekunden, bis

Dolores die Handtücher gefunden hatte und nach oben geben konnte. „Wir haben heute früh den Eddie tot gefunden."

Für einen Moment hörten sogar die Vögel zu zwitschern auf. Hammer stieg von der Trittleiter und presste die Handtücher gegen die Brust. „Der Eddie ist tot? Herrschaft, war sein Zeug doch zu stark! Ich hab ihm gesagt, er soll das nicht nehmen tun, weils bestimmt nicht gesund sein wird."

„Welches Zeug?", fragte Dolores nach.

Der Hammer seufzte schwer. „Mei, es tut doch jeder wissen, dass der Eddie immer wieder gern… und auch öfters… Weißt, mit Alkohol zusammen kann das eine schlimme Mischung werden. Da wäre er nicht der erste, der an einer Überdosis krepiert. Sein armer Cousin ist ja auch… Weißt schon. Den hat mein Großvater ja seinerzeit am Weiher gefunden, ganz starr. Das tut bei denen in der Familie liegen tun."

Dolores überlegte, ob sie irgendwelche Anzeichen von Drogenkonsum bei Eddie bemerkt hatte, gestern, beim Trödler. „Nein, ich glaube nicht, dass es Drogen waren. Er wurde von einem wuchtigen Kühlschrank zerquetscht."

„Himmelherrschaftszeitensackelzement!"

„Ja, ja, eine schlimme Sache. Der Kühlschrank rutschte von der Laderampe seines Pickups, leider stand der Eddie dahinter und wurde zerquetscht." Dolores bückte sich nach weiteren Handtüchern und reichte sie dem Hammer, der wieder auf die Trittleiter gestiegen war. „Der Kühlschrank war auch in Wacken dabei."

Der Hammer seufzte und grunzte gleichermaßen. Er begann Handtücher in die leeren Winkel der Dachbox zu knuddeln.

„Und?", fragte Dolores unschuldig weiter. „Wie hat's dir in Wacken gefallen? Es war ja dieses Jahr keine Schlammschlacht wie so oft, weil das Wetter gut war. Trocken und sonnig, die ganze Woche lang."

Das Grunzen ging weiter. Hammer nahm ihr weitere Handtücher ab und stopfte sie in eine Ecke der Dachbox. „Weißt…" Er wedelte mit der Hand und Dolores fühlte sich berufen, ihm weitere Dinge zu reichen. Eine Spielesammlung, eine Salatschleuder, mehrere CDs, ein Crêpes-Maker. „Weißt, der Ferdl steht total auf Krepp." Er sprach die französische Spezialität eher wie ein Bastelpapier aus. „Mei, jetzt wo du's sagst… Die Vreni tut noch die Schokocreme einpacken müssen. Vreni! Vreni! Tust fei die

Schokocreme nicht vergessen tun!"

Dolores klingelten die Ohren von dem plötzlichen Schrei, aber Vreni schien darauf gewartet zu haben, denn sie kam prompt aus dem Haus heraus. „Wosis?"

„Tust fei auch die Schokocreme einpacken müssen, weil die der kleine Ferdl doch so gern zu seim Krepp mag."

Vreni fasste sich an den Kopf. „Herrschaft, die Schokocreme! Gut, dass ich gestern im Dorfladen noch ein Glaserl gekauft hab." Sie verschwand wieder im Haus. „Gut, dass du drandenkst!"

Dolores reichte dem Hammer mehrere Kuchenteller, die in Geschirrtücher eingeschlagen waren, und eine Schüssel, die groß genug war, um für eine Fußballmannschaft Knödel zu machen. „Und? Wie hat dir Wacken nun gefallen?"

Der Hammer verschwand fast selbst in der Dachbox. „Weißt…"

Die Vreni kam wieder heraus und hatte ein großes Glas Schokocreme und einen schwarzen Hut dabei, wie Charlie Chaplin ihn gern trug. „Eine Schnapsidee wars", schimpfte sie. „Das ganze Geschiss mit Wacken hätten die sich sparen können. Ich habs ja gleich gesagt. Der Eddie und der Stefan, die gehören da hin, weils ja beide aus dem Norden kommen und ja sozusagen mit einer solchen Radau-Musik aufgewachsen sind, aber für so Leute wie uns, vom Land, ist das doch nix. Baustellenlärm! Krachbumm-Musik! Lauter Verrückte! Das hat überhaupt nix mit einer anständigen Blasmusik zu tun, gell, Hammer?"

Der Hammer nickte mit hochroten Wangen. „Die Musik war wirklich… Weißt…"

Vreni deutete mit dem Arm Richtung Dorfmitte. „Wenn der Girgel mit der Flex arbeitet oder der Suckimo mit seiner Rüttelplatte… Radau kann man hier für ganz umsonst haben. Dreihundert Euro!" Sie schüttelte missbilligend den Kopf. „Wenns einen Leberkäs dafür gekauft hätten, würdens heute noch dran essen."

Der Blick, den der Hammer ihr zukommen ließ, war an Warnung nicht zu übertreffen, und Dolores bekam die vage Ahnung, dass Vreni nicht einmal ahnte, wie viel Geld tatsächlich für Wacken draufgegangen war.

Dolores wartete, bis Vreni nach einer weiteren Schimpftirade zurück im Haus war. „Hast deiner Frau nicht mal den richtigen Ticketpreis genannt? Und die arme Frau meint, damit wäre alles bezahlt gewesen? Unterkunft, Verpflegung…"

„Pscht!", machte der Hammer sofort. „Die Vreni reißt mir den Kopf ab und was noch schlimmer ist: Ich kann mir den Rest meiner Tage anhören tun, was ich für ein Leftdudde bin, dass ich mich zu so was hab mitnehmen lassen. Jawoi, sie tut schon Recht haben, meine bessere Hälfte. Der Herrgott hat wirklich ein Einsehen gehabt und den Weiberleuten mehr Verstand gegeben als man meinen könnte. Weißt… Die Musik… weißt… Grenzwertig. Wirklich grenzwertig. Ich hätte ja gemeint, dass mir das schon gefallen werden tut, aber ohne meine Ohrstöpsel hätte ich das nicht aushalten können. Weißt… Am ersten Abend, als die anderen zur Eröffnung sind, haben der Glucksi und ich erst einmal einkaufen gehen müssen. Das Bier war alle und wir haben unbedingt was Süßes haben wollen und das Geschepper von der Trommel war eh so was von laut. Kannst wirklich nicht anhören tun ohne einen Hörschaden."

Vor Dolores' innerem Auge tauchte ein bizarres Bild auf. Sie sah tausende Menschen freudestrahlend auf das Festgelände laufen, die Arme in die Höhe, schreiend, um die besten Plätze ganz vorn an der Bühne rangelnd – und eine Handvoll ratlos dreinschauender Oberbayern mittleren Alters, die den ganzen Hype um dieses Heavy-Metal-Festival nicht verstehen, geschweige denn nachvollziehen konnten, und erst einmal einkaufen gingen.

„Aber der Eddie", sagte Dolores, „der ist nicht einkaufen gegangen, oder?"

„Nie." Hammer schichtete abwechselnd Kinderbücher und leere Marmeladengläser in die Dachbox. „Wennst es genau wissen willst, den hab ich die meiste Zeit gar nicht gesehen, weil er immer bei der Kapelle war, also bei der... wie heißt das auf Neumodisch? Beeeent! Genau. Bei der Beeeent war er. Der hat sich so einen Fipp-Pass gekauft, weißt schon, so einen Vieh-Ei-Piep-Pass, damit er ganz nah an die Kapelle, also die Beeeent, heran dürfen tut. Am liebsten hätte er sich dem Trommler auf den Schoß gesetzt, aber da hätte es den fei sauber durchgebeutelt." Er spielte eine Runde Luft-Schlagzeug, inklusive Headbangen, was mit seiner Halbglatze nur bedingt eindrucksvoll wirkte.

„Hammer!", stieß Vreni aus, als sie mit einer vollständig aufgeblasenen Luftmatratze kam.

„Hammer! Ist dir nicht gut? Hast einen Schlaganfall? Soll ich nach dem Doktor Allestot telefonieren?"

Hammer schaute sie mit großen Augen an. „Wo soll

ich jetzt nachher die Luftmatratze hintun, wo die Box eh schon voll ist? Magst nicht die Luft rauslassen tun?"

„Das Ventil ist doch kaputt", legte Vreni tadelnd den Kopf schief. „Musst halt besser einräumen. Denk dran, es kommen auch noch die Federbetten."

„Federbetten?"

„Falls es kalt wird."

„Kalt? In Kroatien?" Er schaute hilfesuchend zu Dolores, die sofort den Kopf schüttelte. „Um diese Zeit wird es in Kroatien gewiss nicht kalt."

„Weiß mans?", schnaubte Vreni. „Mit dem Klimawandel ist doch aufs Wetter gar kein Verlass mehr. Meinst, wir sollen den Heizlüfter mitnehmen? Zur Sicherheit, falls der Ferdinand nach dem Baden friert? Wenn der blau gefroren aus dem Meer kommt, fangt er sich vielleicht was ein. Der Kleine ist doch so ein zierliches Manschgal."

Hammer nickte. „Jawoi. Lassen wir lieber die Kühlbox daheim, die tut eh Funken schlagen. Nicht, dass dem Ferdl was passieren tut."

Er reichte die Kühlbox, die in der offenen Dachbox stand, aber dort natürlich nicht hineinpasste, seiner Frau zu und nahm dafür den Heizlüfter entgegen, der von den Maßen her ähnlich war. „Das Meer ist zwar recht warm, jedenfalls wärmer als der Riegsee, aber der Ferdl ist halt auch so ein zartes Kindlein und tut gewiss frieren, wenn er aus dem Meer kommen tut. Mit dem Salzwasser ist's natürlich auch ganz anders als wie mit dem Süßwasser. Kennt der Bub ja noch gar nicht."

„Warum", wollte Dolores wissen, „bist du mit nach Wacken?"

Der Hammer wartete, bis seine Frau im Haus war. „Weils dem Hans-Rüdiger, also der Garten-Lotte ihrem Mann, sein letzter Ausflug war. Weißt, seit er so krank ist, fehlts dem da, wo man der Sau draufhaut. Alzheimer. Ent-Stadion. Sagt der Bienen-Bartl."

Dolores nahm die lange Unterwäsche, die er ihr reichte, und legte sie in einen der Körbe, die einfach nicht leer werden wollten, weil Vreni ständig für Nachschub sorgte und sogar die Moonboots bereitstellte. „Der Bienen-Bartl war Tierarzt."

„Jawoi", nickte der Hammer. „Deszwecks sag ich ja, dass es dem Hans-Rüdiger da fehlen tut, wo man der Sau draufhaut. Weil der Bienen-Bartl schon eine Ahnung haben tut von den Sauen. Dem macht sein Hirnkasterl nicht mehr mit, oiso dem Hans-Rüdiger sein Hirnkasterl tut nicht mehr mitmachen mögen.

Ständig tut er was verschmeißen, verlegen, verschlampern, vermissen, verlieren oder halt einfach vergessen. Alzheimer. Weißt, wannst selber nimmer weißt, werst bist." Er tippte sich an die Stirn und pfiff dabei wie ein Vögelchen. „Zabbenduschda weads."

Dolores wurde dazu angehalten, die Menge an Reis- und Nudelpackungen zu halbieren und die überschüssigen Packungen in einen abseits gestellten Korb zu schichten. „Bist du gut bekannt mit dem Hans-Rüdiger?"

„Jawoi", sagte der Hammer sofort. „Weißt, er und mein Vater waren die besten Spezln und deshalb ist der Hans-Rüdiger auch mein Firmpate geworden, oiso mit allem Drum und Dran, mit Ausflug, Mittagessen und eine Taschenuhr hab ich auch als Firmgeschenk bekommen. Die hab ich fei immer noch im Nachtkasterl liegen haben. Da kannst freilich nicht Nein sagen, wennst vom Firmpaten gefragt wirst, obst auf seinem letzten Ausflug dabei sein magst, bevors ins ewige Himmelreich gehen tut. Weißt, Dolores, der Bienen-Bartl meint, wenns bis Weihnachten nicht vorbei ist mit dem Hans-Rüdiger, kommts einem Wunder gleich. Jawoi." Er verlangte nun doch wieder die zusätzlichen Nudelpackungen

und versuchte sie in der Dachbox unterzubringen.
„Schade für den Milda, da muss er sich über kurz oder lang einen neuen Pflegling suchen, aber tüchtig wie er ist, wird er bald was Neues finden. Redet ja auch ganz anständig Deutsch."

Vreni brachte Dosen an Tomaten, Tomatenmark, passierten Tomaten und geschälten Tomaten. „Langst es ihm halt rauf, wenn er die Hände frei hat. Aber dass du mir fei Abstand hältst von meinem Mann. Nicht, dass ich dir das Dach umdecken muss, wie der Säbelzahn seiner Frau."

Als sie im Haus verschwunden war, nickte der Hammer ihr hinterher. „Der hat seiner Frau fei sauber die Leviten gelesen. Wir waren bei der Frau Degenhart zum Kaffee und haben jedes Wort bis auf die Terrasse gehört. So eine Blammasch! Zum Glück tun wir den Klaus, also den Säbelzahn, auch ein bisserl besser kennen, da war die Blammasch nicht ganz so groß. Mei, und das, was seine Frau machen tut… Himmelherrschaft! Kein Wunder, dass sie einen solchen Anschiss hat kassieren müssen. Sowas ist keine anständige Arbeit."

„Aha?" Dolores probierte aus, ob die Tomatendosen sich stapeln ließen, aber die Dosen waren an der Ober- und Unterseite gleichermaßen gefalzt.

„Jawoi", sagte der Hammer mit dem Kopf tief in der Dachbox. „Weißt, zwecks dem Wacken hab ich vorher mit dem Klaus, also dem Säbelzahn, ein Wochenende lang Camping gemacht. Im Zelt. Weißt, wir, also die Vreni und ich, sind immer mit dem Bus unterwegs und immer auf hervorragend ausgestatteten Campingplätzen, weil man sich ja versorgt wissen will und eine Waschgelegenheit und einen Supermarkt und ein anständiges Häuserl haben mögen tut, aber mit so einem Zelt und nix sonst ist das schon was anderes. Da musst ganz anders vorbereitet sein. Da musst einen jeden Scheißdreck mitbringen, weils sonst ja nix geben tut. Unser Bus hat ein tolles Solarmodul zum Ausklappen, damits einen Strom geben tut, aber so ein Zelt hat fei nix zum Ausklappen und keine Steckdosen und überhaupt tut so ein Zelt gar nichts haben tun." Er lachte plötzlich auf. „Du, Dolores, der Klaus schnarcht fei wie ein Holzfäller. Wenn ich das bei dem einen Wochenende nicht rausgefunden hätte, wäre ich glatt ohne Ohrstöpsel gefahren und dann hätte ich weder die Schepper-Musik anhören können noch in der Nacht ein Auge zugemacht. Den Klaus hörst ja drei Straßen weiter, so zieht der durch beim Schnarchen."

Er richtete sich auf und fischte aus der hinteren Hosentasche ein Handy. „Das hab ich aufnehmen müssen, weil mir das sonst keiner hätte glauben mögen. Weißt, dem Suckimo seine Baumaschinen sind ein Scheißdreck dagegen."

Er spielte die Aufnahme ab, die – seiner Aussage nach – den Klaus, genannt Säbelzahn, bei einer fürchterlichen Schnarch-Attacke bloßstellte. Als das Schnarchen in ein Grunzen überging, musste er grinsen. „Jawoi, so schnarcht der Säbelzahn. Sieben Minuten, vierzehn Sekunden lang. Das App vom Handy sagt, ein Flieger beim Starten ist fast genauso laut. Da siehst du, wie laut der ist! Freilich hab ich die Aufnahme gleich in die Gruppe gestellt, damit die anderen wissen tun, worauf sie sich eingelassen haben wollen. Wennst mit dem Klaus in einem Raum schlafen sollst, brauchst unbedingt Ohrstöpsel oder eine Mickemaus. Weißt schon, solche dicken Kopfhörer, wo der Lärm nicht durchgehen tut. Du, sogar der Klaus selber hat schmunzeln müssen, also, der Säbelzahn halt. Scheiß Spitzname! Kann ich mir einfach nicht merken. Der hat seiner Frau nie glauben mögen, wenn sie sich beschwert hat wegen seiner nächtlichen Holzfäller-Aktionen. Mei, eigentlich tät er sich entschuldigen müssen bei ihr, aber die haben sich ja getrennt und es war nicht die greisliche Schnarcherei schuld."

„Pillepalle!", gab Gisela zu bedenken, die plötzlich im Hof stand, einen Korb mit Zwetschgen im Arm.

„Kinkerlitzchen!" Die Hamburgerin, die seit Jahren im Dorf lebte, reckte die Nase in die Höhe. „Ich hab mich jo nie eingelassen auf das Abenteuer Ehestand, aber ich weiß aus Erfahrung und weil ich sommers wie winters bei offenen Fenstern schlafe, dass dieses Geschnarche do auf dem Handy bei weitem nicht das lauteste ist, was es zu hören gibt. Da brauchen Sie, werte Dolores, bloß einmal die Straße zum Weiher hochgehen und die Lauscher aufsperren. Sie würden staunen, was es da zu hören gibt. Dagegen ist dieses Geräusch ein sanftes Säuseln. Pillepalle! Schietkram!"

„Ha?" Hammer schaute sie mit großen Augen an, vielleicht, weil er dank ihres Hamburger Dialekts nicht alles verstanden hatte. „Weißt… Die Vreni ist drinnen in der Kuch, gehst einfach durch."

„Jo, jo", nickte Gisela. „Ich hab ihr Pflaumen mitgebracht, weil ich jo weiß, wie gern die holde Gattin Pflaumenmus einkocht, und weil der Pflaumenbaum im Garten so wunderbar trägt dieses Jahr. Das liegt bestimmt am nassen Frühling und den heißen Sommertagen." Sie machte einen schweren Seufzer. „Sonst hat die Bärbel jo immer eingekocht und gebacken, aber seit ihr diese Verrückte den Galan erschossen hat… Nein, was für ein Drama. Das arme Kind hat jo allen Lebensmut verloren und weint bloß noch vor sich hin, dabei ist die schlimme Sache jo schon fast ein Jahr her." Gisela guckte auf den Campingbus. „Wollt ihr wechfahren? Jo, dann bringe ich die Pflaumen mal deiner Gattin. Jo. Oder hat sie wieder mal Pflaumen von der Gitta geholt? Kann man schon machen, wird halt bloß Schietkram bei rauskommen. Weil Gittas Pflaumen lang nicht so gesund und saftig sind wie die meinen. Die Gitta, die spritzt ihren Baum jo mit einem fürchterlichen Sud ein, damit die Motten wegbleiben. Motten? Wenn man Motten an einem Pflaumenbaum hat, liechen die Problemchen anderswo."

Der Hammer schaute sie mit großen Augen an. „Jawoi", meinte er, „gehst einfach durch. Rechts, indkuch."

„Jo, jo, wees ich doch!" Gisela betrat das Haus.

Mittlerweile war der Inhalt mehrerer Körbe in die Dachbox gewandert und wahrscheinlich wurde der Hammer bald offiziell zum Tetris-Master ernannt, denn nun passte vermutlich kein Haar mehr in die

Box. Er klappte sie zu und verriegelte.

„Weißt", sagte der Hammer und stieg von der Trittleiter herab, „die Gisela tut ja aus dem Norden kommen und vielleicht hätte es ihr in Wacken bei ihresgleichen schon ganz gut gefallen. Ist ja ein eigener Menschenschlag, so ein Saupreiß. Die sind vom Kopf her schon ganz anders als unsereins, weils ja ständig am Meer sind und keine Berge nicht haben tun. Für mich… Weißt… Ein schöner Ausflug war das eigentlich nicht. Erst das ganze Geschiss mit der Vorbereitung, dann diese fürchterliche Sache mit der Steffi und dem Eddie und jetzt der Eddie… Ich tu ja fast glauben mögen, dass unser Ausflug unter keinem guten Stern nicht gestanden hat. Das hat das Medium auch gesagt. Als wir abgefahren sind, hat sie mit dem Pendel gependelt und ganz mystisch gemurmelt: Wenn du kämpfst, wirst du ein großes Reich vernichten. Oiso, so halb auf Französisch halt. Es hat ein bisserl gedauert, bis wir sie verstanden haben, die Madame." Er seufzte. „Jawoi, manchmal fehlts einem jeden genau da, wo man der Sau draufhaut."

Dolores stellte die leeren Körbe zusammen und reichte sie der Vreni, die mit einer Zwetschge in der Hand zum Camper gekommen war. „Magst einen

Kaffee mittrinken, Dolores, wenn wir hier fertig sind? Hammer, was meinst, wie lange du noch brauchst? Weißt, die Gisela hat Zwetschgen gebracht und ich hab schon einen Hefeteig hingestellt. Gibts einen Zwetschgendatschi mit Sahne, aber du musst halt schnell zum Dorfladen und eine Schlagsahne kaufen. Weil, ich hab keine Zeit für sowas. Tust halt die Maria rausklingeln, ob sie dir am Sonntagfrüh eine Schlagsahne verkaufen kann, gell?"

Der Hammer stemmte die Hände in die Hüften und schaute in den fast leeren Kofferraum. „Herrschaft, Vreni, was willst denn da für ein Gurkenglaserl mitnehmen? Das tut fei keinen Deckel nicht haben. Da schwappt ja alles raus!"

„Das ist nicht meins!"

„Das ist meins", sagte Dolores und hob den Knödel hoch. „Warst du nochmal weg, heute früh so gegen sechs?"

„Sechs?", fragte Gisela aus dem offenen Küchenfenster. Sie hatte natürlich jedes Wort mitbekommen, das hier gesprochen wurde. „Ich hab um kurz vor sechs den Stefan laufen sehen, den alten Rocker in seinen schwarzen Klamotten. Direkt bei mir am Haus ist er vorbeigelaufen, dabei wohnt er doch jetzt am Schulweg hinten und längst nicht mehr bei uns ums Eck. Ich sage Ihnen, Dolores, der führt etwas im Schilde. Diesen Rockern ist jo nicht zu trauen!"

„Gisela!", tadelte Vreni sofort, „der Stefan ist ein ganz netter Mann. Der grüßt immer so freundlich, wenn man ihn trifft." Sie hob den Zeigefinger. „Und er hat sich von uns eine nagelneue Küche für sein Haus machen lassen. Alles vom Feinsten und vom Teuersten."

„Jo, jo", schnappte Gisela zurück, „deshalb fahrt ihr auch mitten in den Ferien in Urlaub, weil das Geld wohl keine Rolle mehr spielt."

„Oiso…" Vreni musste nach Luft schnappen. „Jetzt hältst aber dein vorlautes Mundwerk. Mein Mann arbeitet das ganze Jahr über sehr viel, da wird er wohl in den Ferien Urlaub machen dürfen mit der Familie und…"

„Heute in der Früh", unterbrach Dolores den Streit. „Die Frage ist, wo der Hammer heute früh war."

„Umara sechse?", überlegte der Hammer ziemlich lange, bis die Vreni ihm den Ellbogen in die Seite stupste. „Da sind wir gerade aufgestanden, weißt nicht mehr, wegen dem Camper. Du warst schon im Bad und ich bin grad wachgeworden. Damit wir alles eingeräumt bekommen, bevor der kleine

Ferdinand kommt." Sie schaute auf die Uhr. „Das müsste jeden Moment so weit sein. Hammer, bist fertig? Alles drin? Kannst jetzt endlich die Sahne holen gehen?"

Er nickte stolz. „Jedes einzelne Trumm. War ein Kinderspiel."

Seine Frau hingegen machte ein Gesicht wie sieben Tage Regenwetter. Sie verschränkte die Arme und zeigte stumm auf einen Wäschekorb, der übervoll mit T-Shirts, Hemden und Hosen war. „Und was ist mit dem Zeug? Sollen wir nackig in Kroatien zum Strand laufen? Herrschaftszeiten, sofort machst die Dachbox auf und räumst ALLES rein. ALLES! Die Brotzeit für unterwegs können wir ja meinetwegen nach vorn tun, die ist eh aufgegessen, wenn wir in Kroatien ankommen. Herrschaft, die Eier! Die Eier kochen ja seit einer Viertelstund!"

Dolores schaute ihr nach, wie sie in die Küche eilte. Der Hammer blickte ihr ebenfalls nach. „Jawoi, Dolores, so ist das. Schade, dass ich dir nicht hab weiterhelfen können bei der Sache mit dem Eddie. Vielleicht magst die anderen fragen tun, ob die vielleicht was wissen tun?" Er seufzte. „Weißt, die Steffi kannst halt erst heute Nachmittag fragen, weil sie erst dann mit dem Zug kommen tut. Die hat freilich nicht mit ihrem Ex im selben Auto heimfahren wollen." Er duckte sich plötzlich, als er aus der Küche einen Schrei hörte: „Alle Eier hats zerrissen, alle Eier! Bloß noch Eistichsuppe! Hammer, du musst schnell zum Automaten laufen und neue holen. Sofort! Und bringst die Sahne mit!" Das war auch für Dolores das Stichwort. Sie nahm Knödel auf den Arm, hängte die Tasche über die Schulter und verließ die Einfahrt, bevor Vreni auf die Idee kam, ihr auch noch irgendwelche Arbeiten aufzubrummen.

Wer soll als nächstes befragt werden? Oder geht's gar zur Auflösung?

Stefan   Seite 22
Glucksi   Seite 46
Hammer   Seite 80
Jonathan   Seite 104
Säbelzahn   Seite 130
Pesado   Seite 159

Obacht! Die Auflösung beginnt auf Seite 185.

Jonathan – Giftzwerg unterm Pantoffel

Dem Jonathan gehörte das einzige Blockhaus im Ort. Es war allem Anschein nach aus massiven Baumstämmen gefertigt und Dolores hatte sich schon öfter gefragt, wie dieses Haus wohl im Inneren aussehen würde. Ob die Stämme unverputzt waren? Gitta, die neugierigste Person im Kirchenchor, lurte beim abendlichen Spaziergang gern durch erleuchtete Fenster, aber Jonathans Blockhaus war durch hohe Hecken und eine Mauer vor interessierten Blicken sicher. Gitta ärgerte sich darüber. „Der hat bestimmt was zu verbergen. Wer eine so hohe Hecke pflanzt und sich sogar eine ganze Mauer in den Garten stellt, der hat doch eindeutig was zu verbergen. Weißt, wie dieser Österreicher, der sich hinter seiner zwei Meter fünfzig hohen Gartenmauer immer pudelnackig ausgezogen und in die Sonne gelegt hat. So ein Schweinderl! Wo nebendran, also bloß schräg über die Straße und zwei Häuser weiter den Berg hoch links der Kindergarten ist! Sowas macht man doch nicht!" Die Empörung im Dorf schlug hohe Wellen in dieser Sache, weil die Nacktheit des Österreichers, der bloß ein paar Monate im Dorf gewohnt hatte, deutlich sichtbar auf Google Earth manifestiert war. Da half es auch nichts, dass bald ein schwarzer Balken über den nackigen Österreicher gelegt wurde, denn es hatten viele, viele Menschen Screenshots gemacht und weitergeleitet. Das Internet vergaß nichts.

Als Dolores klopfte, weil sie keine Klingel fand, öffnete sehr verschlafen Jonathans ältere Tochter. Gähnend. „Ka-i-hä-ä?"

Sie machte nicht den Eindruck, als wäre sie aus dem Bett gekommen, denn sie trug eine hautenge Jeans und ein bauchfreies Top, beides schwarz, und um den Hals eine silberne Kette. Sie war ziemlich dunkel geschminkt, mit Smokey Eyes und dunkelrotem Lippenstift und schwarzem Nagellack. Ums Handgelenk hatte sie ein Bändchen, wie es auf den Festlichkeiten ringsum üblicherweise verteilt wurde, um die Minderjährigen von den Erwachsenen zu unterscheiden.

„Guten Morgen", sagte Dolores, „ich würde gern deinen Vater sprechen."

„Der Papa?" Sie gähnte lange und ausgiebig. „Der blockiert seit über einer Stunde das Bad. Ich will endlich ins Bett, aber vorher muss ich mich abschminken, sonst gibt es wieder Ärger mit Mama wegen der dreckigen Bettwäsche." Der Teenager rollte angsteinflößend mit den Augen. „Seit über einer Stunde!"

Dolores verkniff sich ein Lächeln. „Ihr seid wohl beide sehr spät heimgekommen?"

„Kurbelwellenparty", seufzte der Teenager, als wäre damit alles erklärt. Sie schob hinterher: „Aber der Papa ist beim Trödler verhockt oder auf dem Heimweg. So genau kann man das nicht sagen."

Dolores suchte im Blick des Teenies nach Unregelmäßigkeiten oder Auffälligkeiten. Diese Partys liefen ja gern mal aus dem Ruder, nicht bloß, was den Alkohol anging. Sie ließ ihren Blick über die zierliche Mädchengestalt gleiten und stutzte, als sie Stroh am Hosenbein entdeckte.

Jonathans Tochter bückte sich und zupfte das Stroh weg. „Nicht, was Sie jetzt denken", erklärte sie. „Ich hab… jemanden befreit."

„Befreit?"

Auch Knödel in seinem Glas schwamm hin und her, interessiert an der ganzen Geschichte.

„Befreit", bestätigte der Teenager. „Als ich nämlich ausgestiegen bin, weil der Cheng mich ja heimgebracht hat, höre ich ein Klopfen und Rufen, das so gar nicht in die Gegend passt." Der Teenager gähnte wieder lange und ausdauernd.

„Normalerweise ist sonntags alles mucksmäuschenstill, aber heute eben ein Rufen und Klopfen. Dem bin ich nachgegangen, natürlich. Könnte ja was sein."

„Hast du die Rufe verstanden?"

„Nicht ganz, die waren sehr gedämpft." Es war auch erstaunlich, wie viel ein Teenager zwischen zwei Sätzen gähnen konnte. „Ich gehe also dem Klopfen und Rufen nach und komme immer näher ans Hühnerhaus unserer Nachbarn. Bernd und Susi, kennen Sie auch, oder?"

Natürlich kannte Dolores Bernd, den Bäckermeister in zweiter Generation, und Susi, die wochentags unter dem Namen Susanne Gattner Richterin im Familiengericht war. Aber das tat hier nichts zur Sache.

„Jedenfalls", fuhr der Teenager fort, „klopft und ruft es eindeutig aus dem Hühnerhaus." Sie kicherte mit einem Mal. „Vor ein paar Wochen hat der Bernd eine automatische Tür eingebaut, die bei Sonnenuntergang automatisch verriegelt, damit er nicht immer an die Hühner denken muss, wenn seine Frau wieder mal von der Arbeit nicht wegkommt. Die andere Nachbarin hat das nicht mitbekommen und hat gestern Abend gedacht, sie müsste die Hühner einsperren, damit der Fuchs nicht wieder den ganzen Stall ausräumt. Und da ist sie grad drin und schaut nach den Hühnern, als die automatische Tür zugeht und sie nicht mehr rauslässt." Der Teenager lachte zwar fast lautlos, aber sehr amüsiert, denn ihr kamen schon die Tränen. „Nun musste die Arme die ganze Nacht im Hühnerhaus sitzen, weil eine Türklinke nur außen an der Tür ist, aber nicht innen. Man meint ja, so ein Huhn braucht keine Türklinke. Der Bernd und die Susi sind übers Wochenende weggefahren und kommen erst heute Abend wieder. Ein Glück, dass ich das Klopfen und Rufen gehört habe, sonst würde sie jetzt noch im Hühnerhaus sitzen müssen." Der Teenager kontrollierte beide Hosenbeine. „Daher das Stroh. Vom Hühnerhaus."

Von der Straße aus war das Hühnerhaus nicht zu sehen und Dolores wusste auch gar nicht, ob es wirklich eines gab, aber sie wollte dem Mädchen erst einmal glauben. Vielleicht guckte sie aber auch zu skeptisch, denn der Teenager fuhr fort: „Da brauchen Sie nicht so schauen. Mich hat wirklich der Cheng Chan heimgebracht. Mustang. Hauptstraße. Sie können ja auch die Nachbarin fragen, ob sie wirklich im Hühnerhaus über Nacht festsaß, aber dann sagen Sie nicht, dass Sie es von mir wissen. Ich musste hoch und heilig schwören, das keinem zu erzählen."

Dolores dachte nach. „Hätte dein Papa das Klopfen und Rufen hören müssen?"

„Bestimmt", nickte der Teenager. „Aber der Papa hätte niemals geholfen, weil sonst die Wahrscheinlichkeit steigen würde, dass die Mama rausfindet, wann er wirklich heimgekommen ist. Dieses Risiko ist zu hoch, da hätte er nicht einmal dem Papst geholfen."

„So, so."

Der Teenager gähnte und rollte mit den Augen. „Als ich vom Hühnerhaus gekommen bin, ist er grad an der Tür hier gewesen. Er hat aufgesperrt, ist rein und seitdem blockiert er das Bad. Über eine Stunde schon! Ich brauche meine Abschminkpads, sonst geht das Make-up nicht runter."

„Das heißt", kombinierte Dolores sofort, „ihr seid beide um kurz nach sechs heimgekommen?"

„Offiziell", verbesserte der Teenager sofort, „sind wir beide um kurz nach zwei heimgekommen." Sie legte einen Finger über die Lippen und flüsterte: „Sonst gibt es Stress mit Mama. Für uns beide. Heimkommen, nachdem es hell wurde, geht bei

Mama gar nicht. Überhaupt nicht. Auch nicht, wenn man jemanden aus dem Hühnerhaus lässt."

Dolores nickte verständnisvoll. „Und wann steht deine Mama sonntags normalerweise auf?"

Der Teenager blickte alarmiert auf die Uhr und entschied sich zum sofortigen Handeln. „Warten Sie hier, ich hole den Papa. Ich mache ihm Beine. Wenn er sich jetzt nicht schickt, fliegt unsere Tarnung auf. Die lahme Krücke! Wir müssen im Bett liegen, bevor Mama aufwacht, sonst glaubt sie uns nie das Märchen vom Heimkommen um zwei."

Aus dem ersten Stock war wenig später ein energisches, aber leises Klopfen zu hören und die geflüsterte Drohung: „Wenn du nicht sofort rauskommst, erwischt uns die Mama beide und sie weiß sofort, wann wir heimgekommen sind. Los! Sonst verpetze ich dich!"

Tatsächlich öffnete sich die Tür. „Und ich dich."

Der Teenager schnaubte das typische Mir-kann-keiner-was-Schnauben. „Für mich gibt's ne Woche Hausarrest bei Bullenhitze am Anfang der Ferien, wo alle meine Freunde weggefahren sind, o meine Güte, was für ein Drama! Aber bei dir hängt der Haussegen einen ganzen Monat schief und um das wieder auszubügeln, musst du schon vier oder fünf

Punkte auf deiner Langzeit-to-do-Liste abarbeiten. Wer will im September nach Berlin? Hä? Wer? Die Mama bringt dich nicht zum Flughafen, wenn sie schlechte Laune hat, und ich kann dich zwar begleitet hinfahren, aber nicht allein nach Hause zurück. Also. Wer sitzt jetzt am längeren Hebel?"

In diesem Haushalt, begriff Dolores, hatten die Damen das Sagen, denn Jonathan tappte die Treppe herunter, wobei er sich tunlichst am Geländer festhielt und einen vorsichtigen Schritt nach dem anderen machte. Er hatte Pudding in den Knien, wie es aussah.

„Zefix, Zefix." Er bückte sich und knetete das rechte Knie. „Sind mir glatt beide Haxen eingeschlafen. Zefix!" Er redete eher leise, ganz anders als am Vorabend. „Beide Haxen! Ich kann überhaupt nichts mehr spüren. Wenn ich mir jetzt den Fuß breche, merke ich es gar nicht."

„Naja", zuckte Dolores die Schultern, „wer eine ganze Stunde am Klo hockt…"

„Ganze Stunde!" Jonathan schüttelte den Kopf. „Böswillige Gerüchte und gemeine Unterstellungen." Er schaute über die Schulter zurück nach oben, wo die Badtür längst geschlossen war. „Die junge Dame wird auch immer aufmüpfiger. Als ich in ihrem Alter war, hatte ich noch Respekt vor Erwachsenen."

„Jonathan", sagte Dolores energisch, „wenn du gerade erst heimgekommen bist, hast du irgendwas rund um den Parkplatz vom Trödler mitbekommen?"

„Irgendwas?" Jonathan schob Dolores etwas zurück aus dem Haus und zog die Tür hinter sich zu. Nicht ganz, er ließ einen winzigen Spalt offen. „Irgendwas? Was soll denn das heißen? *Irgendwas*?" Das abfällige Schnauben hatte seine Tochter eindeutig von ihm. „Bei so einer alten Rostlaube ist der TÜV abgelaufen und der Luggi hat sich zwar Zigaretten aus dem Automaten gezogen, aber die Schachtel dann obendrauf liegenlassen. Ja, und der Sigi hat seinen damischen Hund schon wieder neben den Maibaum scheißen lassen. Die Häufen, die dieser Hund scheißt, sind unverkennbar, weil der Hund so damische Joghurtdrops als Belohnung kriegt und die am Stück runterschlingt. Das sind Meerschweinchendrops, die so ein Hund gar nicht verdauen kann und das sieht man deutlich am Kackhaufen. Irgendwann kriegt der Sigi mal richtig Ärger, wenn er seinen Dreck nicht wegräumt. Respektive, den Dreck von seinem Köter."

„Der Luggi raucht?"

Jonathan nickte. „Diese blauen Dinger, die schlimmer stinken als die Düsseldorfer Innenstadt nach Karneval. Ich weiß, wovon ich rede, wir waren im Februar dort. Den Gestank und Müll hältst du nicht aus. Da könntest meinen, du wärst in Indien gelandet, da soll's dreckig sein. Der Gandalf, der kommt aus Indien, und sogar der sagt, in Indien siehst vor lauter Dreck die Straße nicht mehr."

„Ich meinte", korrigierte sich Dolores, „ob du heute Früh gegen sechs etwas mitbekommen hast? Wie der Eddie unter den Kühlschrank gekommen ist?"

In Jonathans Augen blitzte es kurz. „Eddie. Kühlschrank."

„Der Kühlschrank", erklärte Dolores und dabei zückte sie das Tablet, um ihm das Foto zu zeigen, „ist vom Pickup gerutscht und hat den Eddie zerquetscht. Es handelt sich eindeutig um den Eddie, ich habe ihn an seinen Tattoos erkannt. Freilich ist der Kühlschrank zu schwer, als dass ich ihn hochheben oder verrücken könnte."

Jonathan schaute lange auf das Bild. Seine Pupillen waren ungewöhnlich groß und seine Zunge dick und träge. „Eddie. Kühlschrank."

Dolores vergrößerte das Foto mit zwei Finger.

„Siehst du doch, oder? Die Hand, der Fuß, das ist der Eddie und er ist tot."

„Tot." Jonathan hob die Augen und starrte Dolores an. „Geh weiter, das kann nicht sein. Der Eddie war mit uns beim Saufen und da war er quietschfidel. Er hat drei Runden Amaretto geschmissen… Du, ist das so eine Fotomontage, die wo eine KI gemacht hat? Du, Dolores, mein Mädel hat mir das gezeigt, da macht dir ein Computer ein Bild, das richtig echt ausschaut. Bloß ein bisserl was eintippen, was man haben will, und schon ist so ein Bild fertig. Mann unter Kühlschrank, Pickup, Tattoos. Brauchst mich fei nicht verarschen wollen mit so einem neumodernen Scheißdreck."

Dolores blickte ihn ernst an. „Traust du mir sowas zu?"

„KI?", überlegte Jonathan. „Dir? Mei… Nein, eigentlich nicht. Eigentlich ist sowas eher eine Sache für junge Leute, aber andererseits…" Er wedelte mit dem Zeigefinger. „Andererseits gehören Fische auch ins Aquarium und wer trägt seinen Fisch in einem Glas herum? Dolores, du liegst halt außerhalb der Norm, wer weiß, was du mit einem Tablet und einem Internet anstellen kannst." Er stutzte. „Herrschaft, da wird's Ärger geben, weil er die

Amarettos hat anschreiben lassen. Ich weiß nicht, ob man einen zerquetschten Toten ums Geld fragen kann, aber nötig wäre es." Er stutzte noch einmal, ehe er tief und wütend Luft einsog und seinen Brustkorb blähte. „So ein gottverdammtes Arschloch! Ich hab gar keine Handynummer, dass ich's der Steffi sagen könnte. Die ist doch noch unterwegs und kommt erst am Nachmittag mit dem Zug. Herrschaft, erst streiten die zwei so fürchterlich und dann ist der Eddie plötzlich tot. Tot!"

Jonathan war kleiner als Dolores und schmächtiger. Mit seinem Kinnbart und dem schütteren Haar wirkte er schnell wie ein kleiner Wurzelzwerg, wenn er sich aufregte, und der Jonathan regte sich jetzt gewaltig auf. „Der Gratler, der greisliche!"

Er trat zornig gegen einen der Baumstämme seines Hauses: „So ein Haderlump, so ein verdammter!"

Die hängende Blumenampel mit der rotgelb blühenden Dahlie darin kassierte einen Hieb. „Zammagfoins Zwetschgnmanderl!"

Er stampfte in den Fußboden wie Rumpelstilzchen. „So a greislichs Rindviech, wann i des dawisch, nochad dua i eam zammafoidn, dass a sei Großmuada, de oide Wedahex, fira Engal oschaugt! Jo, Himmeherrschaftsackelzement, so a Baazi, so a

115

gschafdiga! Wos foid dem damischen Deppn ei, dass a se vadruckt!"

Dolores wartete diesen Wutausbruch gelassen ab. Sie stellte Knödel solange auf einen dekorativen Stein mit flacher Oberseite, auf dem Jonathans Frau bereits eine Blumenschale drapiert hatte.

Jonathan knurrte. „Bei dem gschafdign Loamsieda weads scho gscheida sei, wann eam da Boandlkrama sei Krawattl a weng enga zurrd hod! Zefix nomoinei! Zefix!"

Es brauchte mehrere tiefe Atemzüge, ehe Jonathans Gesichtsfarbe nachhaltig von tiefzorndunkelrot nach aufgeweckt rosa wechselte. „Entschuldigung", murmelte er. „Weißt, Dolores, das ärgert mich jetzt gewaltig, weil der Eddie, der Depp, der damische, mir auch noch eine Menge Geld schuldet."

„Ach?" Dolores stellte sich unwissend. „Der Eddie hatte Schulden?"

Es folgte ein neuerlicher Zornesausbruch, der mit Tritten gegen das Haus und das betonierte Müllhäuschen garniert wurde. Der Jonathan knurrte und sabberte dabei wie ein tollwütiger Fuchs, wenngleich Dolores vor einem tollwütigen Fuchs mehr Respekt gehabt hätte. Allein von der Optik her war der kleine schmächtige Jonathan eben nichts, das einem Furcht einflößte.

„Bei mir", sagte der Jonathan schließlich und er zückte dabei sein Handy und wischte darauf herum. „Ich habe mir alles genau aufgeschrieben, weil ich mir schon gedacht habe, dass es schwierig werden könnte, das Geld wiederzukriegen. Man hört ja allerlei Gerüchte im Dorf und erst letztens hat er im Dorfladen die Leberkässemmel anschreiben lassen, die er heimlich gekauft hat, damit die Steffi es nicht merkt, weil die momentan ja einen veganen Lebensstil führt." Er seufzte. „Im Februar hab ich die Konzertkarten gekauft und bezahlt, das waren fast vierhundert Euro."

„Vierhundert!", stieß Dolores aus, lauter als gewollt.

„Pscht!", machte Jonathan sofort. „Meine Frau schläft hoffentlich noch. Sonntags steht sie erst gegen sieben, halb acht auf." Er wischte weiter auf dem Handy. „Dann hat er mich im April angepumpt, aber da wollte ich ihm nix gegeben. Mei, von der Kleinen war die Zahnspange fällig und da haben wir es auch nicht im Überfluss. Ist schließlich alles teurer geworden und Zahnspangen besonders. Er hat auf Mitleid gemacht, bis ich ihm zweihundert geliehen habe." Er seufzte. „Im Juni war das Konzert. Eigentlich wollte ich seine Karte auf dem

Schwarzmarkt verkaufen, weil: Wer keine Kohle hat, kann keine ausgeben, aber der Eddie hat mir die zweihundert Euro vom April wiedergegeben. Immerhin. Er hat gemeint, er hätte eine Geldquelle aufgetan, irgendeine neue Geschäftsidee, die wäre ihm nach dem Volksfest gekommen, und ich würde das restliche Geld schon kriegen. Also sind wir aufs Konzert und ich hab ihm natürlich Getränke und Essen bezahlt. Noch ein guter Hunderter, weil der Eddie ziemlich hungrig und vor allem sehr durstig war. Merchandise musste auch sein. Dann hab ich ein Schweinegeld fürs Taxi hingelegt, weil wir zwar mit den Öffis zum Konzert gefahren sind, aber dann hat das rausgehen aus dem Stadion eine Ewigkeit gedauert und wir haben die einzige U-Bahn erst ganz spät nehmen können und als wir am Hauptbahnhof waren, ist der letzte Zug längst weg gewesen und wir mussten ein Taxi nehmen. Hundertfünfzig!" Er regte sich so sehr auf, dass er kaum noch Luft bekam. „Und auf der Fahrt nach Wacken hat er mir ein weiteres T-Shirt rausgeleiert. Der Eddie kann schon so lange an dich hinreden, bis du einknickst, der weiß haargenau, wie man Leute um den Finger wickelt." Jonathan drehte das Handy um. „Alles in allem schuldet der hinterfotzige Baazi mir gute sechshundert Euro." Er biss die Zähne zusammen und knirschte damit. „Woher sollen die jetzt kommen, wo er mausetot unterm Kühlschrank flackt? Ich hab ihn ja gefragt, was mit seiner Geschäftsidee ist, schließlich kann ein normaler Mensch hierzulande nicht von einem Minijob in der Gastronomie leben. Er hat gemeint, es würde langsam anlaufen, aber halt nicht schnell genug und vor allem würde nicht viel genug Geld fließen. Er stehe halt erst am Anfang. Mei, der wird mich sauber angeschmiert haben, der Oberland-Pinocchio."

„Du wirst nicht der Einzige sein, der Geld von ihm bekommen würde."

„Freilich nicht!" Jonathan schüttelte tadelnd den Kopf und begann eine Aufzählung, die er mit seinen Fingern dekorierte: „Der Pickup ist nicht bezahlt, weiß ich aus erster Hand. Den Strom haben sie ihm abgestellt und die Gemeinde ist sauer wegen der Wasserrechnung, die nicht bezahlt wird, und der Grundsteuer, die er ebenfalls säumig ist. Das weiß ich von der Putzfrau, weil die hat Abrechnungen rumliegen sehen und ein Mahnschreiben. Außerdem hat der Eddie mir im März vorgejammert, weil da die Wasserrechnungen zum Bezahlen fällig sind, aber er natürlich abgebrannt war wie immer. Und das

Wochenende in Wacken haben ihm der Glucksi und der Hans-Rüdiger finanziert." Er machte eine wegwerfende Handbewegung. „Scheiß auf Hans-Rüdiger! Der kann sich eh nicht merken, wem er Geld geliehen hat, und – mal ehrlich – der hat ja mehr als genug, seit er sein Patent verkauft hat. Ich hab keine Ahnung, was für ein Patent das war, aber es hat auf jeden Fall eine Menge Zaster gebracht. Der kann sich einen 24-7-Pfleger leisten und der Milda ist kein halb-illegaler Pfleger aus Osteuropa, sondern ein ganz legaler Pfleger mit Anspruch auf Urlaub und Weihnachtsgeld. Beim Hans-Rüdiger kommt es auf ein paar Riesen mehr oder weniger nicht an, der hat den Eddie schon einladen können."

Dolores wog den Kopf. „Der Lotte aber wird es nicht gefallen, die hält das Geld schon zusammen. Sie hat sich von mir mal dreizehn Cent rausgeben lassen, als ich beim Ostermarkt im Verkauf geholfen habe. Und das war zu wohltätigen Zwecken."

Jonathan blickte sich um, ob jemand sie belauschte oder neugierig rüberschaute. Obwohl es still war ringsum, senkte er die Stimme und flüsterte: „Manchmal hat der Hans-Rüdiger einen lichten Moment und in Wacken hatte er mehrere. Kaum waren wir aus dem Dorf draußen, hat er bei der

Barkasse anhalten lassen und einen ganzen Batzen Bargeld abgehoben. Das war kein kleiner Batzen, sondern ein richtiger Haufen, der grad so in den Rucksack vom Milda gepasst hat. Der arme Kerl hat das alles schleppen müssen. Man meint ja immer, eine große Menge Bargeld wäre was Wunderbares, aber schwer ist so eine Menge schon auch." Jonathan beugte sich dicht zu Dolores und wisperte: „Das Geld war von einem Konto, von dem seine Frau keine Ahnung hat. Der Hans-Rüdiger hat gemeint, das wäre von ganz lange her, das Geld, als er ein zweites Patent angemeldet hat und dieser Pharmakonzern es ihm abgekauft hat. Ein offizielles Patent, von dem die Lotte weiß, ein anderes Patent, von dem die Lotte keinen Schimmer hat. Der Milda hat es im Rucksack rumgetragen, aber der Hans-Rüdiger hat angeschafft, wofür es ausgegeben wird. Alle Naslang hat der Milda einen Schein gezückt und mehr als ein paar Scheinchen sind für den Eddie draufgegangen." Hastig schaute er sich erneut um, ob jemand sie belauschte, aber natürlich war so früh am Morgen alles ruhig. „Wie gesagt", meinte der Jonathan nun wieder mit normaler Stimme, „beim Hans-Rüdiger ist es wurscht, der hat genug Kohle und er hat vor allem genug Grips, um es vor seiner

Frau geheim zu halten. Ist nicht jedem vergönnt, dieses Glück. Meine Frau kontrolliert alle meine Belege und den Kontostand und die hätte auch sauber was dagegen, wenn ich jedes Jahr öfters ohne sie in Urlaub fahre, wie beim Säbelzahn, dem Baazi." Jonathan schaute kurz zum blauen Himmel hoch, wo keine Wolke zu sehen war, sondern bloß ein paar Kondensstreifen. „Der fliegt heute nach Thailand, der Glückspilz, und ich wette, der fliegt nicht wegen den Tempelanlagen oder der umwerfenden Landschaft dorthin." Er lauschte angestrengt. „Wir müssen leiser sprechen, damit meine Frau nichts hört. Die wird supergrantig, wenn sie rausfindet, dass wir so spät heimgekommen sind. Da hat mein Mädel schon recht. Den Kurztrip nach Berlin mit meinem Spezl kann ich mir abschminken, wenn meine Frau das rausfindet. Verantwortungslos findet sie das, pubertär und unreif."
Auf der Straße, die gleich am Haus vorbeiführte, tauchte eine Frau mit Hund auf. Sie lächelte freundlich und unbefangen und winkte mit leicht erhobener Hand. „Guten Morgen, zusammen. Grüß dich, Dolores, bist schon munter? Was du in deinem Alter aushältst! Nach dem Abend gestern hätte ich ja nicht gedacht, dich vor Mittag irgendwo zu sehen.

Wie geht's deinem Kopf? Oder hast einen ordentlichen Brand? Ich bin ja um halb zehn gegangen, aber da war bei euch wohl noch lange nicht Schluss, oder? Ich hab euch vom Nachbartisch genau beobachtet und mitgezählt. Mitgezählt! Was ihr alles vertragt, das ist echt ein Wunder. Also, mich lässt es ja nach einem Glas Wein schon total untern Tisch kippen."

Dolores hätte ihr am liebsten den dürren Hals gewürgt, aber sie lächelte freundlich zurück. „Guten Morgen, Babette. Na, kann der Beppi wieder laufen? Geht's besser?"

Babette tätschelte ihrem Hund den Kopf. „Es wird schon wieder, gell, Beppi. Der Tierarzt hat den Nagel aus der Pfote geholt und einen Verband drumgemacht. Damisches Medium. Da tut sie immer so, als könnte sie mit dem Jenseits plaudern und das Wetter vorhersehen und die Lottozahlen auch, aber einen rostigen Nagel, der direkt vor ihrer Haustür liegt, kann sie nicht erkennen. Du, wenn da ein Kind reingestiegen wäre! Oder die alte Frau Poldi!" Sie schüttelte gar vorwurfsvoll den Kopf. „Zum Glück ist es bloß meinem Beppi passiert und nicht mir. Weißt, ich hab ja auch bloß Schlappen an, wenn ich schnell zum Dorfladen sause. Da hätte wer weiß was passieren können! Wenn man in einen rostigen Nagel steigt, ist ratzfatz der ganze Fuß ab. Entzündung! Und die Antibiotikums helfen ja auch nicht immer. Zum Glück ist alles gut ausgegangen, gell, Beppi? Ein paar Minuten jeden Tag dürfen wir schon wieder Gassi gehen. Gell, Beppi, mein kleiner Schatz, ein paar Minuten…" Sie knuddelte dem Hund den Kopf. „Freilich, daheim kriegst ein feines Leckerli."

„Ein paar Minuten…", brummte der Jonathan mit verschränkten Armen. „Die wohnt am andern Ende vom Dorf und kommt offensichtlich aus dem Gogast. *Ein paar Minuten* schauen fei anders aus."

Da musste Dolores ihm recht geben. Die Strecke hinten über den Gogast war gute zwei Kilometer lang, je nachdem, welche Feldwegschleife man mitnahm. Eine beliebte Spazierrunde war es, die auch von Joggern eifrig genutzt wurde. Manchmal meinte ein Inlineskater, es wäre eine gute Idee dort zu fahren, aber die Straße war überhaupt nicht sauber gefegt, überall lag Split herum.

„Babette", fragte Dolores, „ist dir bei deinem Spaziergang der Eddie aufgefallen?"

„Der wilde Hund?" Babette hob die Nasenspitze höher. „Nein, nein, der Eddie nicht. Mir ist der Milda aufgefallen, weil der unverschämte Baazi gegen Frau Müllers frisch gestrichenen Gartenzaun gebieselt hat. Er hat gemeint, hinterm Hibiskus sieht ihn keiner, aber mir ist natürlich sofort sein verschmiertes neongrünes T-Shirt aufgefallen. Der hat, glaube ich, Schmierfett dranbekommen, auf jeden Fall war sein T-Shirt total verschmiert und die Flecken fallen bei dem neongrünen Stoff schon arg auf. Also, da hat die Frau Müller erst alles schön machen lassen und sogar einen Preis für ihren Garten bekommen und dann bieselt der Baazi gegen den Hibiskus. Hoffentlich geht der nicht ein." Sie überlegte weiter. „Den Stefan hab ich kurz getroffen, am Weiher oben. Er hat recht ratlos ausgeschaut, deshalb habe ich ihn kurz erinnert, in welche Richtung sein Zuhause liegt und wie spät, besser gesagt, wie früh es eigentlich ist. Der Alkohol, der Alkohol… Wahrscheinlich ist er zur alten Wohnung gelaufen und hat festgestellt, dass dort jetzt ein älterer, sehr charmanter Herr mit einem süßen Dackel wohnt. Also, manchmal braucht es im Suff halt eine Erinnerung, aber dass es beim Stefan schon ausbeißt? So alt ist der doch noch gar nicht. Seit er seinen Job an den Nagel gehängt hat und bloß noch Privatier ist, geht's mit ihm halt auch bergab.

Geistig." Erneut kräftig nachdenken. Dabei wickelte sie gedankenverloren die Leine ihres Hundes zu einem Knäuel, bis der arme Hund zu japsen begann. „Deine Tochter, Jonathan, die ist von diesem Cheng heimgebracht worden und die zwei haben ziemlich lange im Auto rumgeknutscht, drüben bei den Altglascontainern. Keine Angst, mehr als ein paar Busserl sind nicht gelaufen, da wäre ich schon dazwischen gegangen. Sowas macht man ja nicht im Auto. Und die Kirchenuhr geht falsch, aber das ist kein Wunder. Seit dem letzten Blitzschlag ist da der Wurm drin und die blinde Frau, die neuerdings in aller Herrgottsfrüh spaziergengeht, schaut sowieso nicht auf die Uhr. Nein, Dolores, mir ist nichts aufgefallen." Sie begann breit zu lächeln und ließ die Leine für den Hund wieder locker. „Bloß, dass du, Dolores, hier mit dem Jonathan stehst und am Ratschen bist. Vor der Tür, verstohlen und heimlichtuend, als hättet ihr Angst, seine bessere Hälfte aufzuwecken." Sie schmunzelte und klimperte mit den Augen wie eine flackernde Taschenlampe. „Dabei ist die Traudel gar nicht daheim, sondern beim Joggen. Ich hab sie am Gogast getroffen, hinten am Bienenhaus, mit knallrotem Kopf und völlig außer Puste. Seitenstechen."

„Auweh zwick!", entfuhr es Jonathan. „Dann weiß sie, dass ich nicht daheim war… Auweh zwick, das gibt Ärger. Sackelzement, die reißt mir den Kopf ab, Himmelherrschaft, wo ich doch nach Berlin wollte im September. Mei, da wird der Haussegen sauber schief hängen, mei o mei… Wie kann ich da bloß gut Wetter machen?"

Babette schmunzelte diebisch. „Du kannst ja sagen, dass du geholfen hast den Hans-Rüdiger zu suchen. Der ist dem Milda nämlich ausgekommen und mindestens zwei Stunden im Dorf herumgeirrt. Er hat vor lauter Vergesslichkeit bei der Schreinerei geklingelt, aber natürlich hat um die Tageszeit keiner aufgemacht. Nein, nein, ihr braucht euch keine Sorgen zu machen, er ist wieder daheim, alles gut. Wir wissen zwar nicht, wo genau er sich rumgetrieben hat, aber es passt wieder alles. Wahrscheinlich ist der Alte hinterm Weiher auf seiner Bank gesessen. Ihr wisst schon, die Bank, die er gestiftet hat vor vielen Jahren, weil ihm beim Spazierengehen immer an der Stelle die Puste ausgegangen ist. Sein Bankerl halt. Ach, es ist ein Drama, was der Mensch in seinem Leben alles erlebt und wie viel er vergessen kann."

Jonathan reckte ihr den gestreckten Daumen

entgegen. „Hervorragende Idee, danke Babette. Du rettest mir die Woche in Berlin. Die Traudel würde mich nie fahren lassen, wenn rauskommt, dass ich die ganze Nacht beim Saufen war. Aber wenn ich geholfen habe… Perfekt! Dem Milda und dem Pesado – perfekt! Das lässt die Traudel durchgehen, ganz sicher."

Babette nickte huldvoll und ging langsam weiter. „So bin ich halt. Ich helfe, wo ich kann. Schönen Tag, Dolores. Komm, Beppi, gehen wir. Schauen wir noch beim Klaus vorbei, ob er wieder bei offenem Fenster sein Schnarch-Tonband laufen lässt und damit die Frau Degenhart ärgert. Komm, Beppi, komm. Vielleicht kannst der Frau Degenhart ihre Katze wieder ein Stückerl jagen. Dann schiebt sie es der Neuen mit dem Doppel-Mops in die Schuhe." Sie kicherte böse in sich hinein.

Dolores schaute ihr eine Weile nach. „Doppel-Mops?"

Jonathan wuschelte sich durch das fettige Haar und machte einen langen Atemzug. „Der Pesado war also weg, wunderbar. Der könnte öfter weglaufen, der Alte, jedenfalls, wenn's wem nützt." Er kratzte sich im Nacken. „Ja, ja", fiel ihm Dolores' Frage wieder ein. „Doppel-Mops. Da wohnt jetzt schräg gegenüber vom Dorfladen eine Neue. Recht jung und fesch und mit zwei von diesen neumodernen Mops-Hunden. Die Viecher sind unglaublich greislich, aber wenn man's liebhat… Mei…" Ihm fiel noch etwas ein. „Die soll Fußpflege machen, glaube ich. Der Dings… Der Eddie hat ihr gesagt, wo man Beklebungen fürs Fenster günstig herkriegt."

„Aha." Dolores nahm Knödel hoch. „Danke für deine Hilfe und viel Erfolg mit deiner Frau."

Er grinste breit. „Die Traudel hat ein weiches Herz, wenn es um jemanden geht, der Hilfe braucht."

Wer soll als nächstes befragt werden? Oder geht's gar zur Auflösung?

Obacht! Die Auflösung beginnt auf Seite 185.

Säbelzahn – Ex und Hopp

Eine hübsche Wohnung im Erdgeschoss, große Terrasse, adrette Blumenkübel mit gepflegten Pflanzen. Als Dolores bei Säbelzahn klingelte, also auf den Knopf mit dem Säbelzahntiger-Sticker aus einem alten Kinderfilm drückte, war sie ein bisschen neidisch auf die Blütenpracht. Es schaute immer so einfach aus, die Sache mit den Topfpflanzen, aber bei ihr glückte es irgendwie nicht. Selbst Löwenzahn wollte in ihren Blumentöpfen nicht wachsen, sie hatte es ausprobiert.

Anscheinend hatte Säbelzahn ihre bewundernden Blicke bemerkt, jedenfalls öffnete er lächelnd die Tür und verschränkte zufrieden die Arme. „Voller Stolz kann ich behaupten, dass sich nicht meine Frau um die Blumen kümmert, sondern ich selbst. Alles mein Verdienst, Dolores."

Dolores erinnerte sich vage an das gestrige – oder heutige – Brüderschaftstrinken. „Guten Morgen, Klaus."

Er reichte ihr die Hand. „Grüß dich, Dolores. Schau, ich hab so eine App auf dem Handy, extra für Topfpflanzen." Er drehte ihr das Gerät hin, damit sie schauen konnte, und wischte während seiner

Erklärungen durch die App. „Hier machst ein Foto und dann weiß die App, welche Pflanze das ist und wie sie heißt. Falls sie Krankheiten hat oder Mangelerscheinungen, kriegst sofort eine Meldung und entsprechende Ratschläge. Einen Bewässerungsplan stellt die App auf, damit jede Pflanze genau die perfekt richtige Menge an Wasser bekommt. Weißt, früher hab ich gemeint, so Topfpflanzen wären ein Hexenwerk, weil man ja nie weiß, was die Dinger brauchen, aber mit der App hab sogar ich einen grünen Daumen entwickelt. Du siehst ja, wie wunderbar alles blüht und wächst. Von allein wäre ich nie darauf gekommen, der Dahlie Milch zu geben, aber dank der App habe ich es getan und schau, wie schön die App blüht." Er schnaubte. „Da kann dem Pesado seine Lotte fei sauber einpacken mit ihren Ratgeberbüchern und dem Brimborium. Plapp, sag ich bloß. Weißt, das ist eine Mischung aus Plant und App. Genial, wirklich genial. Schaust halt mal, ob es sowas auch fürs Aquarium gibt. Vielleicht fehlt deinem Fisch auch ein Schluckerl Milch?" Er schloss seine Ausführungen ab, steckte sein Handy in die Hosentasche und nickte Dolores zu. „Bist früh unterwegs, oder?"

Sie nickte. „Weil der Eddie tot unterm Kühlschrank liegt."

Säbelzahn schluckte hart. „Unter dem Kühlschrank, den er in Wacken dabeihatte?"

„Genau."

„Also der Eddie, der in Wacken dabei war?"

Dolores hatte mit ihrem Tablet ein Foto gemacht und zeigte es ihm nun. „Irgendwie ist der Kühlschrank von der Laderampe gerutscht und hat den Eddie zerquetscht."

Säbelzahn holte zuerst eine Brille aus seiner Hemdtasche und setzte sie auf. „Total zerdatscht. Kein schöner Anblick. Apropos zerdatscht… Magst reinkommen, Dolores? Ich hab gestern ein neues Rezept für Zwetschgendatschi ausprobiert, mit einem flüssigen Hefeteig, wo man sich das ganze Kneten und Ausrollen spart. Datschi-App." Er lachte kurz auf. „Hoffentlich machen die aus ihrem Namen nicht mal Dapp. Depp!"

Immer wieder war Dolores überrascht, wie unterschiedlich Häuser von innen und außen sein konnten. Säbelzahn hatte reichlich Blumentöpfe und Kübelpflanzen um sein Haus verteilt, vom Avocadobäumchen bis zum Zimtbaum, dafür fand sich im Inneren keine einzige Pflanze. Von außen wirkte das weiße Haus mit dem grau gestrichenen Dachstuhl schlicht und bieder, innen war es eine Ansammlung verschiedenster Möbel, Materialen und Deko-Gegenständen in überquellender Opulenz.

„Meine Frau", erklärte Säbelzahn, „ist ausgezogen, das hast du mitbekommen, oder? Sie hat mitgenommen, was ihr gefallen hat, und ich habe mit dem aufgefüllt, was mir gefällt. Daher dieser wilde Mix."

Ein wilder Mix war es tatsächlich. „Die Fülle an Mischmasch", meinte Dolores, „macht es tatsächlich interessant und stimmig." Sie fühlte sich sofort wohl, als sie in der Küche die Wahl zwischen vier verschiedenen Stühlen hatte und sich für einen mit dunkelgrünem Samtbezug entschied. Die Feder der Polsterung quietschte, als sie sich setzte.

„Ich glaube ja", sagte Säbelzahn, „das mit dem Eddie ist kein Unfall. Weißt du, Dolores, wir sind die lange Strecke bis nach Wacken gefahren, ohne dass dem Pickup was gefehlt hat. Ich bin einmal hinten auf die Ladefläche geklettert, um zu prüfen, ob der Kühlschrank stabil ist. Da habe ich mich an der Klappe hochgezogen und sie hat keinen Mucks gemacht, obwohl es nicht die Original-

Halteklammern an der Seite hat. So eine Improvisation, aber Provisorien halten eh immer am besten. Also, wenn jemand denkt, das Provisorium für die Klappe hätte ausgerechnet dann nachgegeben, als der Eddie hinterm Pickup stand… Auf beiden Seiten gleichzeitig…" Er schüttelte den Kopf und schenkte zwei Gläser Mineralwasser voll. „Der Pickup hat dem Johann gehört, viele Jahre lang, und er hat ihn immer zum Wäspi gefahren, für Kundendienst und zum Schauen, ob alles in Ordnung ist." Er stellte ein Wasserglas vor Dolores ab. „Der Wäspi", fuhr er fort, „der hätte sofort gemerkt, wenn was nicht stimmt. Der ist ein sauguter Mechaniker. Meister! Der hat Autos verstanden, bevor er laufen konnte. Nein, nein, auf den Wäspi lasse ich nix kommen. Hätte die Ladeklappe vom Pickup ein Wehwehchen gehabt… Der Wäspi hätte es gewusst und repariert. Der Pickup war ja Anfang Juli erst beim Kundendienst."
Das Wasser sprudelte stark und Dolores spürte die Kohlensäure in der Nase kitzeln. „Der Johann…", überlegte sie kurz. „Ist der nicht…"
Säbelzahn nickte. „Ist für eine Zigarette auf den Balkon gegangen, aber nicht mehr reingekommen. Herzinfarkt. Die Nachbarin, die Beate, die hat es

mitbekommen und den Sanka gerufen, aber es war nichts mehr zu machen." Er seufzte. „Schade um ihn. Schade um seine Oldtimer-Sammlung. Da war eine Corvette dabei… Ein Traum! Aber die Frau vom Glucksi, weißt, die hat ja alles geerbt, verscherbelt jeden Oldtimer an den erstbesten, als wären es keine Goldstücke, sondern irgendwelche Karren. Die hat ja keine Ahnung. Eine Corvette! Diese Corvette! Für ein paar Scheine!"

Ihrem Gefühl nach hatte Eddies Tod nichts mit der Corvette oder der Oldtimer-Sammlung zu tun. „Der Eddie", sagte Dolores, „ist mit dem Pickup also nach Wacken gefahren."

Säbelzahn holte aus dem kalten Backofen ein Blech und stellte es auf die Arbeitsplatte. Ein ganzes Backblech voller Zwetschgendatschi, von dem drei Stücke fehlten. „Wie gesagt, da hab ich mir überhaupt nix dabei gedacht, schließlich war der Pickup immer in allerbester Pflege. Beim Eddie, das dachte ich mir schon, wären die Intervalle deutlich länger geworden, zwischen Kundendienst und Kundendienst. Pfeifen ja die Spatzen von den Dächern, dass der Eddie nicht gerade im Geld schwimmt."

„Bist du beim Eddie mitgefahren?", wollte Dolores

wissen.

„Hin schon", nickte Säbelzahn. „War eine lustige Hinfahrt. Der Eddie hat die ganze Zeit von Maiden erzählt, von den Konzerten, die er besucht hat, und wie toll die Band mit dem Publikum interagiert. Er hat mir von der Doku erzählt, die man auf Arte anschauen kann, wo der Gitarrist auch der Pilot ist."

„Der Sänger."

„Hä?"

„Der Sänger", erklärte Dolores. „Bruce Dickinson ist Pilot und Sänger der Band."

Säbelzahn nickte langsam und ausdauernd und nahm ein Messer aus der Schublade. „Das hat der Eddie auch alles gewusst. Das und noch viel mehr. Er hat angefangen zu reden und von der Bandgründung zu erzählen, als wir hier losgefahren sind, und hat mit dem letzten Konzert der letzten Tour aufgehört, als wir in Wacken am Ortsschild vorbeigefahren sind. Es war nicht langweilig, ganz im Gegenteil, der Eddie kann schon richtig gut erzählen, aber ich mir halt nicht alles merken."

Dolores beobachtete Knödel, der neugierig am Glas entlang schwamm und sich die kunterbunte Mischung aus Formen und Farben anschaute. Ihm gefiel das, was andere als wildes Durcheinander bezeichneten, ausgesprochen gut. Mit optischen Reizen konnte man ihm eine Freude machen.

„Was war beim Heimfahren?", wollte Dolores wissen.

Säbelzahn rollte mit den Augen, setzte das Messer an und zerteilte den Datschi. „Das war nicht mehr ganz so lustig. Beim Hinfahren hat die Steffi, also die Freundin vom Eddie, immer wieder Lieder von den Bands in Wacken gespielt. Nicht die ganze Zeit, sondern ab und zu halt, damit wir in Stimmung kommen. Hauptsächlich, damit ich in Stimmung komme. Die Musik ist ja nicht so meins, aber die Atmosphäre und der Ausflug mit den Kumpels… Es waren auch nicht alle Lieder krachert und laut, da waren schon auch Lieder dabei, die ich mir in meine Playlist getan habe." Er zeigte ihr sein Handy, als müsste er seinen Musikgeschmack beweisen. „Aber dann ist das mit der Steffi und dem Drummer passiert und der Eddie war sauer und die zwei haben gestritten und die Steffi ist mit dem Zug heimgefahren und der Eddie wollte sich in Hamburg ins Hafenbecken stürzen. Wir haben ihn zurückhalten und wieder zur Vernunft bringen können, aber ich wollte nicht beim todtraurigen Eddie mitfahren und der Glucksi hatte einen Platz in seinem Auto frei, weil der Stefan gleich nach Wacken mit dem Zug zu einem anderen Festival gefahren ist. Also bin ich beim Glucksi mitgefahren." Er ließ das dreckige Messer in die Spüle gleiten. „Da war die Stimmung auch nicht richtig gut, weil der Glucksi, diese Mimose, sauer war. Der hat sich Wacken auch anders vorgestellt, mit weniger Musik und mehr gemütlichem Beisammensein halt."

„Ziemlich viele Reibereien", fand Dolores.

Säbelzahn nahm zwei Teller aus dem Schrank und Dolores konnte einen kurzen Blick hineinwerfen. Das Geschirr war ein genauso bunter Mischmasch wie die gesamte Einrichtung. Feines Porzellan zwischen derbem Steingut. Ein Stück für Dolores, eines für Säbelzahn. „Der Glucksi hat halt gemeint, das wäre ein Campingausflug mit musikalischer Begleitung, tatsächlich war es ein Musikfestival mit Campingmöglichkeit. Er hat halt viel Arbeit in die Vorbereitung gesteckt und so viel Zeugs mitgenommen, das dann niemand nutzen wollte. Grillwürstel und Fleisch hat er ganz viel wegschmeißen müssen, weil nicht einmal der Stefan, mit dem er sonst echt gut auskommt, das Festival wegen einer Grillwurst verlassen wollte."

Auf einer Kommode an der Seite stand eine

Glasschüssel mit unterschiedlichsten Kuchengabeln. Säbelzahn suchte zwei heraus und steckte sie in den Zwetschgendatschi, ehe er aus einer Schublade ein verschlissenes Papier zupfte und es auseinanderfaltete. „Hier war das Festgelände", erklärte er und rutschte mit dem Finger voller klebriger Datschireste ganz ans andere Ende des ausgedruckten Plans, „und hier hatten wir unser Zelt. Zu Fuß – und man konnte gar nicht mit Fahrrad oder Auto fahren – haben wir eine Viertelstunde gebraucht, falls wir nicht zwischendurch bei netten Leuten hängengeblieben sind, die uns auf ein Bierchen eingeladen haben. Eine Viertelstunde!" Er tippte sich gegen die Stirn und musste gleich ein Zwetschgenstückchen wegwischen. „Da gehe ich nicht vom Gelände runter für eine von Glucksis Grillwürsten, die er sowieso beim Discounter eingekauft hat. Der schert sich nicht um irgendein Tierwohl oder Qualität, Hauptsache, die Quantität passt. Menge, Menge, Menge. Mehr, mehr, mehr." Er rieb sich die Stirn und griff schließlich zum Spüllappen, um das Datschi-Desaster in seinem Gesicht zu beenden. „Herrschaft, dass der Datschi immer so pappig sein muss!" Der Lappen wurde in die Spüle zurückgelegt, nachdem Gesicht und

Hände endlich sauber waren. „Die Steffi hat auch gemeint, mit der Einstellung geht er auf jeden Fall vor die Hunde, früher oder später. Sie wollte ihm einen Achtsamkeits-Crashkurs geben, zum Freundschaftspreis. Hat sich ja selbstständig gemacht mit ihrer Hab-Acht-Firma. Leider läuft es nicht gut. Wie es aussieht, muss sie zusperren, wenn sich kein Investor findet oder wenigstens jemand, der ihr den Online-Kram macht. Online-Kurse würden bestimmt laufen, aber wer kommt für einen Achtsamkeits-Workshop aufs Land gefahren? Wie denn? Mit welchen Öffis denn? Sie wollte ja Geld vom Eddie haben…"

Dolores runzelte die Stirn und nahm den Teller mit dem Datschi dankend entgegen. „Ich dachte, der Eddie hätte es nicht so mit dem Reichtum?"

„Ich hätte noch Sahne im Kühlschrank?", fragte Säbelzahn, aber Dolores lehnte ab. Also setzte Säbelzahn sich an den Tisch und stach sofort ein Stück Kuchen ab. „Eddies Grundstück wäre schon groß genug, um es zu teilen und die Hälfte teuer zu verkaufen. Das wäre genug Geld für Steffis Business und die Schulden, die der Eddie überall angesammelt hat. Aber so, wie die gestritten haben… Das kann die Steffi sich abschminken." Er dachte streng nach und kaute auf einer Zwetschge herum. „Selbst, wenn sie jetzt erbt… Obwohl sie nicht verheiratet waren… Ich glaube, die beiden wollten mal zum Notar wegen einem Testament, aber mei… Was weiß ich denn schon?"

Dolores machte sich eine Notiz. Diese Tatsache war ja schnell herauszufinden, sobald das Nachlassgericht in Weilheim morgen öffnete.

Säbelzahn stand nun doch auf und holte Schlagsahne aus dem Kühlschrank. Dolores probierte den Datschi mit dem ungewöhnlichen Teig und befand ihn für äußerst lecker. Hoffentlich verging dem Säbelzahn bei der nächsten Frage nicht der Appetit: „Also, die Sache mit dem Eddie und deiner Frau…"

„Ex", verbesserte Säbelzahn sofort und klatschte einen dicken Klecks Sahne auf seinen Datschi. „Wir sind getrennt, die Scheidung ist eingereicht und mein Anwalt meint, das dauert nur halb so lang wie eine normale Scheidung, weil die Zerrüttung offensichtlich unüberbrückbar ist."

„Bist du sauer auf den Eddie?", fragte Dolores.

„Auf den Eddie?" Er schleckte die Gabel lange ab, viel länger als angebracht wäre. Sahne, er musste die Hälfte des Sahnebergs sofort essen. „Ganz miese Masche. Ich dachte wirklich, ich müsste ihr den Hals umdrehen. Ihr. Meiner Ex. Nicht dem Eddie. Der wusste ja nicht, mit wem er in die Kiste steigt, und was daraus wird. Und wie er am Ende vom Video schnauft und japst, wäre er nicht mit ihr in die Kiste gestiegen, wenn er geahnt hätte, wie sie ihn rannimmt. Er hat bestimmt gemeint, da würde eine flotte Nummer laufen, kurz was abziehen und dann Nimmerwiedersehen. Stattdessen dauert das ganze mehr als vier Stunden und er kommt richtig außer Puste. Geschwitzt hat er!" Säbelzahn kümmerte sich weiter um seinen Datschi und aß ihn zur Hälfte. „Willst du das Video sehen? Alle im Dorf haben es gesehen. Ich hab von sämtlichen Leuten Links bekommen. Es ist sogar mit Musik unterlegt worden und in einer gepixelten Version auf Klickklack gelandet."

Dolores lehnte ab. „Ich muss nicht alles sehen."

„Ich", murrte Säbelzahn, „habe es tausendfach gesehen. Tausendfach. Hab mir jedes Video angeschaut, das ich geschickt bekommen habe." Sein Stück Kuchen war verspeist und er holte sich ein neues.

Dolores war mit dem ersten noch beschäftigt. „Hat es geholfen?"

Säbelzahn, der die Sahneschüssel leergekratzt hatte,

holte aus dem Fach über sich ein Glas mit Zimtzucker. Er bestreute seinen Datschi großzügig damit. „Zucker", erklärte er. „Ich bin zuckerorientiert, sobald ich gestresst bin." Kaum saß er am Tisch, verschwand fast die Hälfte des Kuchenstücks auf einmal in seinem Mund.

„Hat es geholfen?", wiederholte Dolores ihre Frage.

Säbelzahn kaute mit vollen Backen. „Holfn?"

„Fühlst du dich besser?"

Knödel schaute Säbelzahn beim Kauen zu. Der kleine Zwergkugelfisch war genauso verfressen, wenn es um rote Mückenlarven ging, also lebende rote Mückenlarven. Die zog er wie Spaghetti durch seine winzigen, aber messerscharfen Zahnplatten vorn am Maul. Wenn er eine Blasenschnecke knackte, hatte er oft ähnlich dicke Backen wie jetzt der Säbelzahn, jedenfalls, bevor der Leckerbissen im Magen landete und ihm einen Kugelbauch machte.

Säbelzahn schluckte. „Wenn man Angst vor Spinnen hat, was macht man? Dolores, hast du Angst vor Spinnen?"

„Nicht unbedingt", gab sie zu. „Eher so ein Ekel-Gefühl."

„Und was machst du dagegen?"

„Ich nehme den Staubsauger." Sie schüttelte sich

143

leicht bei der Erinnerung an den letzten Spinnen-Vorfall, als das recht große Exemplar im Staubsaugerschlauch gescheppert hatte wie eine Murmel.

„Höhenangst", nahm Säbelzahn einen neuen Anlauf. „Stell dir vor, du hast Höhenangst, arbeitest aber bei der Bergrettung. Was machst?"

„Ich glaube kaum, dass jemand mit Höhen…"

„Therapie!", fiel Säbelzahn ihr ins Wort. „Eine Therapie. Dolores, du kletterst erst auf einen Stuhl, dann auf die Leiter, dann aufs Hausdach und schließlich stehst du freihändig auf der Kufe vom Hubschrauber und alles ist gut."

Dolores begann zu verstehen. „Du hast gemeint, wenn du dir das Video von Eddie und deiner Frau…"

„Ex! Die Scheidung ist fast durch." Er kümmerte sich um das restliche Kuchenstück und sammelte die Zimtzuckerstücke mit der Gabel auf, was ein hässliches knirschendes Geräusch verursachte. „Wenn man das Schreckliche immer und immer wieder durchlebt, verliert es an Schrecken. Man gewöhnt sich daran."

„Ich weiß nicht", zögerte Dolores. „Jemand, der einen schlimmen Unfall hatte, lässt sich ja auch nicht immer und immer wieder…"

„Therapie!", stieß Säbelzahn aus und hackte dabei mit der Gabel in ihre Richtung. „Ich hab da einen Typen auf Insta gefunden und der Mann weiß wirklich, wovon er redet. Er wäre beinahe verhungert, weil er als junger Erwachsener bei einer Bergtour verloren gegangen ist. Beinahe verhungert! Dolores! Als er endlich wieder in der Zivilisation war, hat er bloß noch gegessen, aus Angst zu verhungern. Er ist fetter und fetter geworden, bis er schließlich die Notbremse gezogen hat. Mit seiner eigenen Therapie hat er sich heilen können. Immer, wenn es ihn packt, und er eine ganze Zeitlang bloß gefressen hat, setzt er sich auf Nulldiät, bis er fast verhungert."

„Das", meinte Dolores, „klingt ungesund."

„Das", entgegnete Säbelzahn, „ist genial. Schau mich an, Dolores, mir geht meine Ex mittlerweile am Arsch vorbei." Er holte sich das ganze Glas Zimtzucker und begann mit einem Löffel zu essen.

Dolores legte den Kopf schief und schaute ihn skeptisch an. „Eure Hochzeit war die schönste, die das Dorf je gesehen hat. Die Kutsche! Das Kleid! Der Empfang bei Sonnenuntergang! Die Ringe! Himmel, diese Ringe! Mit den Opalen, die ihr eigenhändig in

Coober Peedy ausgegraben hattet. Klaus! So schön!"
Säbelzahn knirschte mit den Zähnen oder dem
Zimtzucker, der dazwischen zermalmt wurde.
„Alles aus und vorbei, Dolores, oder siehst du
irgendwo hier im Haus Bilder von meiner Ex
rumstehen? Siehst du irgendwo Zeug, das ihr
gehört? Du kannst gerne in die Schränke schauen,
ich hab sogar ihre Müslischalen weggeworfen und
neue gekauft und die Müsli-Mischungen, die sie sich
immer hat machen lassen, die hab ich alle den Tafeln
gespendet. Alle! Mein Ehering…" Er hob die Hände
und zeigte ihr seine blanken Finger. „Den hab ich
beim Goldschmied versetzt. Opal hin oder her. Ich
hab die Fotos gelöscht, wo wir auf Hochzeitsreise auf
den Bahamas waren, sogar die Bilder vom
Unterwasserrestaurant. Und das war wirklich
umwerfend schön." Er griff wieder zum Löffel und
dem Zuckerglas. „Nix mehr da, Dolores. Nix mehr."
Dolores stupfte sich ein kleines Stückchen vom
Datschi ab, denn auch kleine, handliche Stückchen
schmeckten ausgezeichnet. „Was ist mit dem
Apfelbäumchen, das ihr zur Hochzeit…"
„Ausgegraben!" Er brüllte sie beinahe an.
„Verschenkt gegen Selbstabholung. Kurz bevor wir
nach Wacken sind, war ein Pärchen da und hat den

Baum abgeholt. Böses Omen, habe ich gemeint, aber die zwei haben bloß gelacht. Na, die werden schon sehen…"

Ein Auge hatte Dolores irgendwie immer bei Knödel. Nein, sie machte sich dank des Luftsprudelsteins keine Sorgen um die Wasserqualität, und herausgesprungen aus seinem Glas war der Knödel auch noch nie. Trotzdem behielt sie ihn gern im Blick. Er war halt ein geliebtes Haustier und ein geschätzter Ermittler-Kollege.

Knödel schwamm im Kreis herum, immer und immer wieder, als konnte er nicht glauben, was er sah, nämlich einen Menschen, der nach zwei großen Stücken Kuchen noch ein drittes auf den Teller holte. Weil die Sahne alle war, kippte Säbelzahn das Glas Zimtzucker auf den Kuchen. Vollständig.

Säbelzahn runzelte die Stirn. „Geht's ihm nicht gut? Hat der Fisch was? Wie lange macht er das denn so? Im Kreis herumschwimmen wie ein Gestörter…"

„Wie lange", konterte Dolores, „warst du mit…"

„Nimm den Namen des Teufels nicht in den Mund!"

„…verheiratet? Also, wie lange?" Dolores schluckte trocken.

Säbelzahn schien zu rechnen, aber der typische konzentrierte Blick nach oben oder auf einen bestimmten Punkt fehlte. „Zu lange."

„Ihr habt im Sommer geheiratet", erinnerte sich Dolores, „ich weiß es noch genau, weil es der heißeste Tag des Jahres war. Danach ging es temperaturmäßig steil bergab. Das Gewitter hat genau bis zum Ende der Feier gewartet, bevor es losbrach."

Säbelzahn kaute wie wild am Datschi. Weil er mit der Gabel nicht schnell genug war, aß er mittlerweile mit den Fingern. „Vierter August", brachte er schließlich knurrend hervor. „Vierter August vor vier Jahren."

Dolores schaute auf ihr Tablet. „Das ist heute."

„Heute." Er schnaubte. „Die kann mich mal kreuzweise. Und du auch, wenn du nicht aufhörst mit deiner damischen Fragerei. Meinst, ich hab nix Besseres zu tun als aufs Datum zu luren?"

Ganz am Ende war Dolores allerdings noch nicht. „Wo ist sie denn jetzt, deine Frau?"

„Ex!", stieß er atemlos hervor. „Ex-Frau! Die Scheidung ist fast durch."

„Wohnt sie nicht neben…"

Säbelzahn stopfte sich das komplette Kuchenstück in den Mund und kaute und brummte und knurrte gleichzeitig. „Neben dem Eddie, ja, ja. Da wohnt meine Ex jetzt. Neben dem Kerl, der Schuld an dem ganzen Drama ist und alles hat auffliegen lassen. Da wohnt sie jetzt, meine Ex, und vielleicht verdient sie ihr Geld mit weiteren Videos, die sie mit Eddie dreht, weil der erste Film ja so gut angekommen ist. Eine Million Klicks, Dolores, fast eine Million Aufrufe und jedes Mal klingelt bei meiner Ex die Kasse. Selbst, wenn sie bloß zehn Cent pro Klick kassiert… Sogar bei nur einem Cent! Für die Summe hätte sie auch mal mit mir ordentlich vögeln können, aber das ist ein anderes Thema. Ein ganz anderes Thema."

Das Telefon klingelte und Säbelzahn angelte das Telefon von einem Beistelltischerl heran. „Ja?" Er klang recht mürrisch und runzelte die Stirn, nachdem er einige Sekunden zugehört hatte. „Weiß ich schon", murrte er. „Geschieht ihm recht, dem saublöden Arschloch." Wieder eine kurze Pause. „Natürlich nicht. Ich war im Bett. Ich bin früh gegangen, weil ich eh von Wacken fix und fertig war, und bin erst um kurz vor sieben wieder aufgewacht." In dieser Pause nickte Säbelzahn ins Telefon. „Ja, ja, gestern wollte ich noch eine Runde Joggen, aber heute früh halt nicht mehr. Weißt, jetzt war ich vierzig Jahre faul, da kommt es auf einen Tag mehr oder weniger auch nicht an. Du, ich muss aufhören. Ja, wirklich, ich muss. Ja, du mich auch."

Er legte kopfschüttelnd das Telefon weg. „Scheint sich rumzusprechen, die Sache mit dem Kühlschrank und dem Eddie."

Dolores hatte sich auf ihrem Tablet Notizen gemacht. „Im Dorf bleibt nichts lange geheim. Wer war denn der Anrufer?"

„Oder die Anruferin?"

„Für eine Anruferin war die Stimme zu tief und deine Wortwahl zu unhöflich."

Säbelzahn seufzte. „Herrschaftszeiten, Dolores, dass du immer kombinieren muss."

„Wann genau bist du denn vom Trödler heim?"

„Hab nicht auf die Uhr geschaut. So gegen drei?"

„Und um sieben wieder wach geworden? Bloß vier Stunden Schlaf? Nachdem du von Wacken fix und fertig bist?"

Säbelzahn zuckte die Schultern. „Indianerwecker. Wie gesagt, ich wollte mit dem Joggen anfangen. Eigentlich."

Er sah nicht aus wie jemand, der im Morgengrauen aus dem Bett hüpfte, in seine Laufschuhe sprang und eine Runde durchs Moos drehte.

„Wohin wolltest du denn joggen?"

„Mei…" Er deutete mit dem Arm eine unbestimmte

Kreisbewegung an. „Vielleicht über die Aidlinger Höhe? Das soll eine schöne Strecke sein. Oder halt durch den Gogast. Auch hübsch. Vielen joggen durch den Gogast."

„Vor allem lang", wusste Dolores. „Ein hehres Ziel für jemanden, der nicht fit ist."

„Also…" Er tat recht entrüstet, jedenfalls für einen Moment lang. „Mei, ich wollte halt anfangen mit dem Joggen. Irgendwann muss man ja anfangen mit dem Sport. Der Glucksi hat auch gemeint, er müsste was tun, weil die Wampe immer tiefer hängt und er seiner Kleinen nicht mal beim Versteckspiel hinterher kommt. Der Stefan und der Alwin gehen zum Pilates, der Dings macht das, wo man mit so einem Anzug von der Brücke springt und dann wie ein Flughörnchen aussieht..."

„Wingsuit-Fliegen?"

„Und der Jonathan wollte mit dem Golfen weitermachen. Er hat zwar seit zwei Jahren keinen Golfschläger mehr in der Hand gehabt, aber er wollte wieder. Irgendwas muss man machen, Dolores, sonst wird man im Alter fett und träge. Das geht ganz schnell, wirst auch noch rausfinden, wenn du in mein Alter kommst."

Dolores schaute ihn schräg an. „In deinem Alter war

ich vor fünfzehn Jahren."

Er machte große Augen. „Ui! Gut gehalten, Zuckerschnecke, gut gehalten."

Dolores packte ihr Tablet zusammen und schob es in die Handtasche. „Hat jemand gesehen, wie du heimgekommen bist heute Nacht? Oder hat dich gegen sechs jemand gesehen? Die Nachbarn vielleicht?"

„Um sechs war ich doch im Bett", sagte Säbelzahn. „Vielleicht hat die alte Degenhart mich gehört." Er druckste kurz herum. „Wenn ich was getrunken habe, schnarche ich ziemlich laut. Könnte sein, dass die alte Degenhart das gehört hat, als sie die Katze rausgelassen hat. Die neugierige Schabracke hat das bestimmt mitbekommen."

Dolores beschloss diese Vermutung zu überprüfen. Sie verabschiedete sich von Säbelzahn und ging die paar Meter zur nächsten Hauseinfahrt. Sie drückte den Klingelknopf, aber niemand öffnete.

Degenhart. Dolores strengte ihr Oberstübchen kräftig an. „Degenhart", murmelte sie. „Degenhart. Woher kommt der Name mir bloß so bekannt vor?"

Knödel, der kleine Fisch, schwamm ruhig in der Mitte seines Glases und machte einen dicken Bauch. Er blies sich nie auf, denn es gab keinen Grund für diese Abwehrreaktion, aber wenn er ordentlich gefressen hatte, schleppte er tatsächlich einen Bauch wie einen Knödel mit sich herum. Jetzt schien er besonders knödelig zu sein.

„Degenhart!", fiel es Dolores ein. „Die Schwiegermutter vom Glucksi!" Sie drückte noch einmal den Klingelknopf, diesmal länger. „So ein Zufall. Wohnt Glucksis Schwiegermutter direkt neben Säbelzahn. Na, das würde mich schon interessieren, ob sie den Säbelzahn heute früh gehört hat."

Endlich ging die Tür auf und die alte Frau Degenhart musterte Dolores skeptisch. „Junge Frau", sagte die alte Dame, „Sie wissen schon, wie spät es ist? Besser gesagt, wie früh am Sonntagmorgen?"

„Es tut mir Leid, wenn ich Sie geweckt habe…"

„Haben Sie nicht", widersprach Frau Degenhart. „Ich musste mich nur erst aus dem Sessel erheben, das dauert bei einem alten Fahrgestell wie dem meinen. Wie kann ich helfen, Frau Gräber? Ja, ja, ich kenne Sie. Ich bin zwar alt und körperlich träge, aber nicht im Kopf. Ich habe mir von meiner Tochter ganz genau erklären lassen, wie Sie die Mordfälle aufgeklärt haben." Die alte Dame dachte kurz nach und kaute dabei auf ihrem Gebiss herum. „Die Sache mit dem Masskrug und ein Jahr später der Vorfall mit dem Gewehr. Den Schuss, Frau Gräber, den habe ich auch gehört, weil ich just in dem Moment die Katze rausgelassen habe, aber man macht sich ja keine Gedanken um so etwas, schließlich ist sonntags der halbe Berg voller Jäger und wenn ein Fuchs durchs Dorf streift… Offiziell nicht, Frau Gräber, offiziell wird im Dorf nicht geschossen, aber man kennt das ja." Sie hob den Zeigefinger wie Pater Notker bei der Predigt. „Es gibt diese Wahrheit und diese Wahrheit und meistens sogar einen Weg dazwischen." Sie senkte die Stimme. „Bei Wagners ist der Fuchs in den Hühnerstall gekommen und hat alle Hühner totgemacht. Alle. Federn haben sie gefunden und Blut überall und von einem Huhn den Kopf. Sonst war alles weggetragen und verschleppt." Die alte Frau Degenhart machte einen tiefen Atemzug. „Aber, Frau Gräber, Sie sind bestimmt nicht Sonntagfrüh gekommen, um mich über den Fuchs auszufragen, der bei Wagners gewütet hat?"

Dolores erklärte ihr kurz die Sachlage und fragte: „Haben Sie den Säbelzahn heute früh gegen sechs Uhr gesehen oder gehört?"

„Säbelzahn!", stieß Frau Degenhart aus. „Säbelzahn!

Wie lächerlich! Zu meiner Zeit hatten wir noch ordentliche Namen. Einen Spitznamen musste man sich hart erarbeiten und hat ihn nicht hinterhergeschmissen bekommen. Säbelzahn, also bitte!"

„Den Klaus", sagte Dolores. „Dann eben den Klaus."

„Gehört, ja, ja." Frau Degenhart winkte ab. „Ich höre ihn jeden Tag, Frau Gräber, weil ich jeden Tag meine geliebte Katze vor die Tür lasse und er jeden Tag mit offenem Fenster schläft. Er schnarcht ganz fürchterlich." Sie seufzte schwer. „Zum Glück habe ich meine Fenster nicht zu dieser Seite des Hauses hin, er würde mich in die Verzweiflung treiben mit seiner Schnarcherei. Heute früh, gestern, die ganze letzte Woche! Den ganzen letzten Monat, ach, was sage ich, seit Ostern geht das so! Es ist ein Drama, wahrlich. Ich habe ihm nahegelegt, schon beizeiten, er müsse sich von einem Arzt untersuchen lassen, weil so fürchterliches Schnarchen ja auch ganz andere, ernsthafte Ursachen haben kann. Wer weiß? Der Johann, Gott hab ihn selig, der hat auch fürchterlich geschnarcht und wie ist es ausgegangen? Herzinfarkt. Der Notarzt hat ihm nicht mehr helfen können und die Bärbel macht sich heute noch Vorwürfe, warum sie nicht viel früher den Arzt gerufen hat. Na, wer denkt denn schon das Schlimmste, bloß weil der Nachbar am Balkon nicht mehr zu sehen ist? Die Menschheit ist verdorben genug, man muss nicht bei jeder Unstimmigkeit das Fürchterlichste annehmen. Na, manchmal geht es eben schief. Kollateralschaden, wie es neudeutsch so schön heißt."

Dolores nickte verständnisvoll und hakte nach: „Sie haben ihn die ganze letzte Woche schnarchen hören? Sind Sie sicher?"

„Bitte, bitte", machte Frau Degenhart entrüstet. „Ich hab's im Kreuz, nicht an den Ohren. Wenn ich meine Katze rauslasse, sägt der liebe Nachbar einen Wald zusammen. Jeden Tag. Jeden Tag seit Ostern. Deshalb meine ich ja, er sollte zum Arzt gehen. Wenn jemand plötzlich derart zu schnarchen anfängt, liegt doch etwas im Argen. Wissen Sie, Frau Gräber, den Klaus habe ich nie schnarchen hören und ich wohne hier seit siebzehn Jahren. Erst jetzt hat er damit angefangen, erst seit Ostern geht er mir damit fürchterlich auf die Nerven."

Eine Katze kam den Fußweg entlang und schmiegte sich an Frau Degenharts Beine. Die alte Dame bückte sich mühsam und tätschelte der Katze den Kopf. „Da bist du ja, mein kleiner Streuner. Heute warst du lange auswärts. Keine Lust auf Frühstück? Na, hast du Lust auf Frühstück? Ich habe dir leckeres Futter gekauft, eine ganz wunderbare Komposition aus Gelbflossenthunfisch mit frischen Sardellen, magst du Thunfisch zum Frühstück oder darf es lieber die Gänseleber mit Wildkräutersud sein?"

Die Katze maunzte und miaute. Nicht laut, aber durchdringend. „Was?", fragte Frau Degenhart nach, als hätte sie die Katze verstanden. „Hat der dumme Hund dich wieder gejagt? Welcher von den beiden war es denn diesmal? Wissen Sie, Frau Gräber, da ist diese neue Frau ins Dorf gezogen, die mit den beiden Mops-Hunden und diese beiden Köter, Sie gestatten, dass ich diese Tiere so nenne, diese beiden Köter jagen ständig hinter meiner Katze her. Es ist eine Unverschämtheit, Frau Gräber. Zum Glück ist meine Katze schneller. So schnaufende Mops-Hunde sind nicht gerade schnell und überaus dämlich." Die Katze gab dem Frauchen maunzend und schnurrend Recht und machte dabei kleine Schritte ins Haus hinein.

„Frau Gräber", sagte Frau Degenhart fest, „ich muss unser Gespräch nun beenden und die Katze füttern. Haben Sie einen schönen Tag."

Knödel schaute die geschlossene Tür genauso

erstaunt an die Dolores. Innen hörte man die Katze miauen und Frau Degenhart leise mit ihr sprechen.

„Tja", sagte Dolores, „mein kleiner Liebling, möchtest du auch eine Komposition aus frischem Thunfisch und Sardellen oder lieber einen Sud aus Gänseleber und Wildkräutern?"

Knödel schaute sie mit schiefem Kopf vorwurfsvoll an, bis Dolores leise lachte. „Keine Angst, Knödel, du bekommst Mückenlarven. Wie immer. Komm, wir gehen."

Wer soll als nächstes befragt werden? Oder geht's gar zur Auflösung?

Stefan   Seite 22

Glucksi   Seite 46

Hammer   Seite 80

Jonathan   Seite 104

Säbelzahn   Seite 130

Pesado   Seite 159

Obacht! Die Auflösung beginnt auf Seite 185.

Pesado – Vergissmein…

Es war Dolores absolut nicht wohl bei dem Gedanken an Lotte vom Gartenverein und sie fühlte ein ungutes Déjà-vu in sich hochsteigen. Lotte vom Gartenverein. Es war noch nicht so lange her, als Karl am Maibaum gehangen hatte und Lotte, die Lotte vom Gartenverein, ganz oben auf der Liste der Verdächtigen stand. Und jetzt ihr Mann. Hans-Rüdiger.

Dolores musste ein bisschen durchs Dorf gehen und sie dachte währenddessen nach. Hans-Rüdiger. Sie konnte sich beim besten Willen nicht vorstellen, dass der wackere Hans-Rüdiger ein schwer an Demenz erkrankter alter Mann sein sollte, der…

An der Ecke zum Kindergarten bemerkte Dolores zwei Kinder tuscheln und kichern. Sie konnte es nicht ignorieren. „Was heckt ihr beide denn aus?"

„Nichts", kam die unschuldige Antwort und gleichzeitig färbten sich die Wangen der Kinder rot. „Gar nichts."

Dolores räusperte sich. „Wenn Kinder in eurem Alter sich um diese Zeit herumtreiben, hecken sie immer was aus. Also?"

Das Mädchen stupste den Jungen an und der Junge

machte einen Schritt nach vorn.

„Wofür", fragte Dolores, „habt ihr denn den Eimer dabei? Und den Kescher? Wollt ihr Fische fangen?"

Das Mädchen kicherte. „Nein, Zwetschgen."

„Mit einem Kescher?"

„Bei der Gitta im Vorgarten", erklärte der Junge, „steht ein Zwetschgenbaum mit den allerbesten Zwetschgen weit und breit. Da wollen wir welche klauen, aber die Gitta ist schon wach und liegt uns auf der Lauer."

Dolores nickte verstehend. „Und warum kaufen eure Eltern nicht einfach Zwetschgen im Dorfladen?"

„Weil das Klauen viel spannender ist", sagte das Mädchen. „Die Gitta ist doch unsere Tante."

„Ach so." Dolores hatte schon befürchtet, die Jugend des Dorfes würde mit kleinkrimineller Machenschaft in die Szene abrutschen und in einigen Jahren Ermittlungsarbeit für sie und Knödel machen. „Dann sagt der Gitta einen schönen Gruß."

„Geht nicht", schüttelte das Mädchen den Kopf und der Junge sagte: „Die darf uns doch nicht erwischen."

Das Mädchen seufzte. „Schlimm genug, dass uns der Hammer gesehen hat. Hätte der nicht so laut geschimpft, was wir uns im Dorf rumtreiben im

Morgengrauen, wäre die Gitta überhaupt nicht aufgewacht und misstrauisch geworden."

„Aha", meinte Dolores, „der Hammer hat euch also erwischt?"

„Der Opa vom Ferdl", nickte der Junge. „Eigentlich ist er nicht so grantig, aber heute…" Er rollte die Augen und schüttelte den Kopf. „Der hat wahrscheinlich richtig schlecht geschlafen."

„Oder gar nicht", meinte das Mädchen. „Manchmal schlafen die alten Leute in der Nacht überhaupt nicht und machen dafür einen ganz langen Mittagschlaf. Wenn man die aus Versehen aufweckt, sind sie furchtbar grantig."

„Woher kennt ihr den Hammer?"

Die Kinder zogen Grimassen. „Das ist der Opa vom Ferdinand und neben dem sitze ich in der Schule. Wir sind jetzt schon Zweitklässler."

„Erst nach den Ferien", meinte das Mädchen.

„Erbsenzählerin", gab der Junge zurück.

Das Mädchen stieß ihn in die Seite. „Komm, wir schleichen nochmal zur Gitta und schauen nach den Zwetschgen. Vielleicht ist der Ferdl auch schon auf und macht mit."

Kichernd trollten sich die Kinder, aber sie waren nicht gut im Schleichen und Anpirschen, denn

Dolores konnte in der morgendlichen Stille ihre Stimmen hören, beinahe bis zum Haus, wo Lotte und Hans-Rüdiger wohnten.

Noch bevor sie klingeln konnte, ging die Tür auf und Dolores stand vor genau dem Mann, dem sie gestern – also heute – schräg gegenüber gesessen hatte. Sie lächelte gezwungen. „Hans-Rüdiger."

Der Mann mit der Glatze und den hellblauen Augen lächelte zurück. Er wirkte nicht gebrechlich oder dement, sondern aufgeweckt und mobil. Jedenfalls für einen Moment, bis das Lächeln zusammenfiel. „Kennen wir uns? Gewiss nicht, denn an ein adrettes Frauenzimmer wie Sie es sind, würde ich mich erinnern. Hübsches Fräulein, möchten Sie hereinkommen? Ich möchte Ihnen gern meine Briefmarkensammlung zeigen…" Er zwinkerte.

„Dolores Gräber…", wollte sich Dolores vorstellen, aber Hans-Rüdiger fiel ihr ins Wort: „Die wohnt hier nicht, meine Hübsche. Hier in dieser Burg wohnen nur mein Gatte und ich und ein garstiger Drache."

Schritte waren zu hören, die über die Treppe nach unten eilten. „Chans?" Eine Männerstimme. „Chans, chast du die Tür geöffnet?" Er sprach mit starkem osteuropäischem Akzent.

Ein junger Mann erschien hinter Hans-Rüdiger und

atmete tief durch. „Chans, du sollst doch die Tür nicht aufmachen, wenn ich nicht dabei bei."

Hans-Rüdiger lachte leise. „Dann wäre mir ja die reizende Bekanntschaft dieses bezaubernden Fräuleins entgangen. Ich war gerade dabei, das Fräulein nach dem Namen zu fragen." Er leckte sich die Handfläche feucht und strich sich übers Haar, bis er plötzlich ein sehr ängstliches Gesicht machte. „Bin ich zu forsch rangegangen? So junge Fräuleins sind schnell abgestoßen, wenn man zu forsch wird. Sackelzement, ich bin immer viel zu forsch. Das hat die Klementine auch immer gesagt. Milda, ich möchte heute das schwarze T-Shirt mit dem Totenkopf tragen. Du weißt ja, schwarz ist meine Lieblingsfarbe." Er zupfte an seinem schwarzen T-Shirt, das einen Totenkopf zeigte. „Oha, ich habe es bereits angezogen. Ist mir wieder alles aus dem Schrank auf den Boden gepurzelt? Irgendwie verhaken diese T-Shirts sich immer."

„Chans", seufzte der junge Mann und machte dabei ein Kreuzzeichen über der Brust. „Ich bin nur froh, dass du nicht auf die Straße bist. Den Schrank räume ich später wieder auf." Er schaute Dolores fragend an. „Kann ich chelfen? Möchten Sie zu Frau Lotte? Lotte ist leider nicht da, sie ist übers Wochenende weggefahren zu einer Freundin ins Allgäu. Kommt erst morgen wieder."

Dolores brauchte einen Moment, um sich zu sortieren. Sie hatte gedacht, der junge Mann wäre gestern zufällig beim Trödler gewesen und hätte die Rocker zufällig kennengelernt und sich dazugesetzt. „Sie sind… Also, Sie machen…", stotterte sie hilflos.

Er streckte ihr die Hand entgegen. „Milda. Ich cheiße Milda und komme aus Litauen. Ich bin der Pfleger von Chans-Rüdiger. Wir chaben uns gestern kennengelernt, aber da war ich sehr müde und wenig redefreudig. Die Woche in Wacken war doch sehr anstrengend für mich und Chans."

„Milda?" Hans-Rüdiger schaute ihn mit großen Augen an. „Da bin ich wohl längst nicht forsch genug gewesen, wenn du den Namen des Fräuleins schon weißt und ich ihm nicht mal vorgestellt wurde."

„Dolores Gräber", stellte sich Dolores vor. „Ich wollte…"

„Nein, nein", schüttelte Hans-Rüdiger den Kopf, „die wohnt hier nicht. In dieser Burg wohnen mein Gatte und ich und ein garstiger Drache. Hübsches Fräulein, darf ich's wagen, mein Geleit Euch anzutragen?" Er bot ihr seinen Arm wie zum

Spaziergang.

„Chans!", tadelte Milda, „du kannst nicht eine Frau einfach so hereinbitten. Was wird Frau Lotte sagen? Erinnerst du dich? Lotte ist deine Frau und diese hier eine ganz fremde Frau. Man bittet keine fremde Frau ins Chaus, Chans."

„Fremde Frau!", stieß Hans-Rüdiger aus. „Das ist doch keine fremde Frau, das ist die Frau Gräber. Die Frau Gräber mit ihrem Fisch Knödel. Ein Ermittlerduo vom Feinsten. Du kannst es nicht wissen, aber diese beiden Geistesblitze haben schon mehr Straftäter hinter Gitter gebracht, als es in einem durchschnittlichen Dorf überhaupt gibt. Außerdem sind die beiden gute Freunde unserer Familie und keinesfalls ein Ärgernis für meine Gattin. Kommen Sie herein, Frau Gräber, ein alter Mann wie ich kann gute Gesellschaft immer brauchen. Bevor meine Frau ins Allgäu gefahren ist, hat sie einen Zwetschgendatschi gebacken. Möchten Sie ein Stück? Gewiss möchten Sie ein Stück. Kommen Sie herein, Frau Gräber, kommen Sie. Ich habe mir zeigen lassen, wie das mit dem Sahnespender funktioniert und nun können wir uns zum Datschi köstliche Schlagsahne schmecken lassen. Beinahe fühlt es sich an wie damals in Marienbad, als ich mit meiner Gattin zur Kur gewesen bin."

„Chans…"

Aber Hans-Rüdiger ließ sich nicht abbringen. Er winkte Dolores ins Haus und ging voraus in die Küche. „Mach die Tür zu, Milda, es zieht und weht mir meine Briefmarken durcheinander. Jetzt, wo ich endlich das Set über die giftigen Gartenpflanzen komplett beisammen habe. Ein halbes Jahr habe ich im Internet nach der letzten Marke suchen müssen, bis ich das Kleinod vom Wunderbaum endlich hatte. Die Sammlung ist ein Vermögen wert. Ein Vermögen!"

Milda seufzte. „Drei Eiro finfzich, ungestempelt."

Eine Klopapierrolle führte abgewickelt in einer langen Schlange von der Haustür in die Küche, d noch genauso aussah wie bei ihrem letzten Besuch. Bloß auf der Arbeitsfläche lagen einige Schachteln mit Tabletten, die Lotte dort niemals hätte liegen lassen. Dolores stellte Knödel neben ein Alpenveilchen und schüttelte die Arme aus. „Auf die Dauer wird der Knödel ganz schön schwer."

„Chans", seufzte Milda erneut, „ich weiß nicht, ob das eine gute Idee ist. Frau Lotte wird schimpfen! Sie schätzt es überchaupt nicht, wenn in ihrer Abwesenheit Besuch chereingelassen wird."

„Der Drache!" Hans-Rüdiger lachte glucksend in sich hinein. „Der Drache speit öfter mal Feuer, mein lieber Milda, deshalb habe ich immer einen Feuerlöscher bei mir. Komm, biete der Frau… Dings… der Frau… biete ihr einen Kaffee an oder einen Tee."

Milda rollte mit den Augen. „Einen Kaffee, Frau Gräber, oder einen Tee?"

Hans-Rüdiger stupste ihr den Ellbogen in die Seite. „Oder ein Gläschen in Ehren, holde Maid, hast du heut für mich Zeit?" Er begann mit linkischen Bewegungen zu tanzen und Milda versuchte erfolglos ihn einzubremsen. Ein Buch wurde in Mitleidenschaft gezogen, als Hans-Rüdiger mit weit ausholenden Bewegungen am Sideboard vorbeitanzte und es dabei zu Boden fegte.

„Cherrje", seufzte Milda und hob das Buch auf. „Das Lesezeichen ist cherausgefallen, Chans, Frau Lotte wird schimpfen. Sie kann sich doch nicht merken, an welcher Stelle sie war. So ein Unglück!"

Es war ein handgesticktes Lesezeichen und Dolores stellte erstaunt fest, dass es weder Blumen noch Bäume trug, was bei Lottes Lesezeichen zu erwarten gewesen wäre, sondern das Logo einer Rock-Band.

„Ach", entfuhr es Dolores, gerade als Milda das

Lesezeichen an einer beliebigen Stelle in das Buch zurücklegte, „interessiert sich Lotte für Rock?"

Milda faltete ein Eselsohr aus dem Buch, bevor er es zurück auf das Sideboard legte. „Tatsächlich", sagte er, „chaben Chans und Lotte sich auf einem Rock-Festival kennengelernt. Das ist viele Jahre her."

„Woodstock!", brüllte Hans-Rüdiger laut, aber er erschrak vor seiner eigenen lauten Stimme und zuckte zusammen. „Woodstock", flüsterte er weiter. „Hätten wir damals das Geld gehabt, wir wären nach Woodstock gereist und hätten mitgemacht bei der Sause des Jahrhunderts. Ach was! Des Jahrtausends! Das war eine Fete! Meine Lotte und ich…", begann er zu kichern, „die war früher schon ein heißer Feger, meine Lotte. Wenn die einen Minirock angezogen hat, war die Hölle los. Bei den Männern ringsum und bei ihrer Mutter."

Dolores überlegte. Lotte, das wusste sie, war ein paar Jahre älter als sie. Vielleicht war es tatsächlich die wilde Zeit der aufkommenden Rock-Bands gewesen, die heute Kultstatus hatten.

Hans-Rüdiger tanzte weiter hüpfend durchs Zimmer. „Ich hab mit dem Brian schon Bier gesoffen, da wusstet ihr noch nicht mal, dass es Gitarren auch in der E-Version gibt!"

„Chans…" Milda taumelte hinter ihm her und versuchte einen Arm zu erwischen, eine Schulter oder eine Hand. „Chans, magst du nicht lieber am Tisch sitzen und einen Tee mit uns trinken?"

Hans-Rüdiger schwenkte zu Walzer um und summte dabei. Er fasste Milda an der Hüfte und sie tanzten gemeinsam durchs Wohnzimmer. „Schnee-Schnee-Schnee… Schneewalzer!"

Dolores schaute eine Weile zu. „Ich muss einfach fragen", gab sie schließlich zu, „wart ihr wirklich in Wacken dabei? Ihr beide?"

Endlich konnte Milda Hans-Rüdiger einfangen und auf einen Stuhl setzen. Der alte Mann lachte in sich hinein, bis er beide Arme hochriss und lauthals: „Wacken!", brüllte.

„Ein lange gehegter Wunsch von Chans", erklärte Milda. Er holte eine Schnabeltasse aus dem Schrank und füllte Wasser hinein. „Chier, Chans, jeder gute Musiker muss ordentlich trinken."

Hans-Rüdiger schaute die Schnabeltasse wie einen Gegenstand aus dem Weltall an. „Ich bin Musiker", sagte er ernst, „der beste Luftgitarrenspieler der Welt. Keiner kommt an mich heran." Er setzte die Tasse hart auf dem Tisch ab, sprang vom Stuhl und begann jaulend und krächzend Luftgitarre zu

spielen. „I'm on a highway to hell! Highway to hell!"
Im nächsten Moment blieb er stocksteif stehen.
„Milda, der Höflichkeit halber biete bitte der Frau
Gräber ein Stück von Lottes selbstgemachtem
Zwetschgendatschi an. Wissen Sie, Frau Gräber, die
Zwetschgen sind ausgesprochen gut in diesem Jahr."
Er riss die Arme wieder in die Höhe und begann
einer Fruchtfliege nachzujagen. „Na warte, du
kleines Dingelchen, ich erwische dich! Wenn du dich
auf das schwarze Zauberkästchen setzt, aus dem
manchmal Stimmen sprechen, erledige ich dich mit
einem Streich. Sieben auf einen Streich! Der Riese hat
den Käse!"

„Puh", machte Dolores und ließ sich auf einen Stuhl
auf der anderen Tischseite sinken. „Wann seid ihr
heute denn heimgekommen vom Trödler?"

Hans-Rüdiger wusste es sofort: „Als die Sonne den
Mond besiegte und der Fuchs am Reh vorbei nach
Hause schlich. Es ist unglaublich, wie laut und
durchdringend der Donnergrummel schnarchen
kann. Die Tante Ju, werte Frau Gräber, macht
genauso Krach beim Fliegen. Wollen Sie mit mir eine
Runde fliegen? Es wäre mir eine Ehre Sie einzuladen.
Herrje, das kleine Fliegenviech ist wieder da. Na
warte, du lästiges Wesen, ich schnappe dich!"

Milda bekreuzigte sich und verzog das Gesicht, als Hans-Rüdiger gegen den Fernseher zu klatschen begann. „Frau Lotte wird schimpfen, wenn sie es erfährt."

„Dass ihr beim Trödler wart?" Dolores hob drei Finger der rechten Hand. „Ich verspreche, ihr nichts davon zu sagen."

„Nein", winkte Milda ab. „Ich darf mit Chans überall chin, da chat Frau Lotte gar nichts dagegen. Aber cheute früh, als wir nach Chause sind…" Milda schickte ein weiteres Bekreuzigen hinterher. „Es ist fürchterlich. Ich chabe…" Er druckste herum. „Ich musste… Also… So viel Cuba Libre… Ich chätte aufchören sollen nach dem dritten Glas…"

„Erbrechen?", wollte Dolores ihm bei der Wortfindung helfen.

Milda schüttelte den Kopf. „Der Tag muss erst noch kommen, dass ein Litauer wegen ein bisserl Schnaps erbrechen muss. Nein, nein, ich chabe… pinkeln müssen."

Das fand Dolores weitaus weniger schlimm. „Das müssen viele."

Milda bugsierte Hans-Rüdiger, der vergessen hatte, warum er mit beiden Armen wedelte, zurück auf den Stuhl und reichte ihm die Schnabeltasse. Hans-

Rüdiger begann zu nuckeln. „Ist das Bier?"

„Freilich, Chans."

„Nur Bier vor vier. Milda, was hast du der holden Maid angeboten und dem… dem Dings im Glas?"

Milda ignorierte ihn. „Ich chabe ums Verrecken nicht verzwicken können bis nach Chause und wie ich stehe chinter Chibiskus vom preisgekrönten Garten und endlich… Cheiliger Franziskus… Wie ich fertig bin, ist Chans weg. Nicht mehr zu sehen. Ich dachte, er bleibt am Chasenstall stehen und schaut den Chasen zu, aber er ist weggelaufen."

„Oha", machte Dolores.

Hans-Rüdiger schmunzelte. „Ich bin ja mit dem Boris schon einen saufen gewesen, da habt ihr beide noch in die Windeln geschissen!"

„Wenn das Frau Lotte erfährt…" Milda zupfte an der Silberkette um seinen Hals und küsste das Kreuz, das daran hing. „Sie wird arg schimpfen, ganz arg schimpfen. Choffentlich bin ich nicht entlassen."

„Von mir", versprach Dolores, „wird sie nichts erfahren."

„Aber Chans", flüsterte Milda betroffen, „war doch verschwunden. Ich chabe ihn nicht mehr finden können, erst um fast sieben Uhr, als ich cheimgehen wollte, um Frau Lotte anzurufen und ihr alles zu gestehen. Da sitzt Chans auf der Stufe vor der Tür und summt vor sich chin."

Dolores überlegte. „Ihr seid also um… um…"

„Chalb vier", sagte Milda. „Wir sind um chalb vier aus dem Trödler raus und ein paar Minuten später ist Chans verschwunden. Ich chabe ihn einfach nicht finden können, obwohl ich das chalbe Dorf auf den Kopf gestellt chabe. Ganz leise, natürlich."

Dolores machte sich eine Notiz und bemerkte aus dem Augenwinkel, wie Knödel im Kreis schwamm, als würde er seinen eigenen Schwanz jagen. Das tat er natürlich nie, denn er war ja ein Fisch und kein Chund.. äh… Hund.

„Und was", wollte Dolores wissen, „hat der Hans-Rüdiger gesummt?"

„Rammstein", wusste Milda sofort. „Chier kommt die Sonne."

Hans-Rüdiger hatte es natürlich gehört und begann sofort leise zu singen. Er kannte den Text tatsächlich auswendig und trotz seiner Erkrankung funktionierte das Headbangen ausgezeichnet. Plötzlich zuckte er zusammen und hielt sich das Handgelenk. „Au! Ich hab mir wehgetan!" Er hielt Milda die schmerzende Hand hin.

Milda holte aus der Gefriertruhe ein Kühlpad. „Auch

173

deswegen chabe ich ein schlechtes Gewissen", sagte er mehr zu Dolores als zu Hans-Rüdiger, „denn irgendwie chat Chans sich verletzt, als er allein unterwegs war. Sein rechter Handballen ist geschwollen und fast blau."

Wie ein kleines Kind streckte Hans-Rüdiger seine Hand und zeigte Dolores die geschwollene Hand. „Das macht fest Aua."

Dolores pustete auf die schmerzende Stelle und bemerkte dabei die eingerissenen und abgesplitterten Fingernägel. „Na, Hans-Rüdiger, du hast ja ganz schön mit den Händen zu tun. Hast du gearbeitet? Holz gemacht?" In der Ecke gab es einen Schwedenofen, deshalb war die Idee mit dem Holz nicht abwegig.

Hans-Rüdiger presste das Kühlpad auf seine Hand. „Von wegen Holz gemacht. Meine Gattin, die Besitzerin dieser Burg, lässt das Brennholz in mundgerechten Stücken liefern, damit sie das Ofenmonster damit füttern kann. Nein, nein, Frau Gräber, mir tut das Handgelenk weh, weil ich diesen Hans-Rüdiger…" Er blickte sich verschwörerisch um, ehe er einen Schluck aus der Schnabeltasse nahm. „Diesen Hans-Rüdiger, von dem alle reden, dieser neureiche Tunichtgut, den hab ich kaltgemacht. Der wollte mir dreinreden bei meinen Liedtexten, aber ich hab ihn kaltgemacht. Keinen Mucks macht er mehr." Er kicherte wie eine böse Hexe. „Hat mir eine Million eingebracht, der Mord an Hans-Rüdiger, aber verraten Sie es keinem, sonst muss ich Sie töten. Ich bin ein Berufsverbrecher."

„Chans!", tadelte Milda sofort.

Hans-Rüdiger schaute ihn mit großen Augen an. „Etwa nicht? Meine Lotte hat immer den Kopf geschüttelt, wenn sie den Kontoauszug angeschaut hat, und gemeint, das wäre ganz schön viel Geld für einen Berufsverbrecher wie mich."

„Chans", seufzte Milda, „bist du nicht müde? Magst du dich chinlegen?" Und zu Dolores sagte er: „Das ist das Mühsame, Frau Gräber, zu unterscheiden, wenn er redet, was wirklich passiert ist und was er sich ausdenkt."

„Hinlegen?" Hans-Rüdiger zeigte auf Dolores. „Wir haben Damenbesuch, mein werter Milda, da werde ich einen Teufel tun und mich hinlegen." Er lachte. „Hinlegen schon, aber gewiss nicht allein, verstehst du, mein lieber Milda? Meine Zylinderkopfdichtung mag einen Sprung haben, aber mein Kolben funktioniert einwandfrei. Sobald ich die Dame rumgekriegt habe… Ich hänge einen Hut außen an die Türklinke, dann weißt du Bescheid und lässt uns in Ruhe. Nichts ist schlimmer als eine Unterbrechung beim Liebesspiel." Er zwinkerte Dolores zu, aber beim letzten Zwinkern vergaß er das rechte Aug wieder zu öffnen.

Dolores lächelte. „Wann habt ihr den Eddie zuletzt gesehen?"

„Beim Trödler", sagte Milda sofort. „Er war noch da, als wir gegangen sind."

„Eddie-li, Eddie-la, Eddie-da-da…", begann Hans-Rüdiger zu singen, aber mit einem Mal wurde er todernst. „Der Eddie hat dem Säbelzahn die Frau ausgespannt und er schuldet dem Glucksi einen ganzen Sack voll Kohle. Milda, ist in dem Rucksack noch etwas drin? Mit mir geht es zu Ende und ich kann eh nichts mitnehmen, da können wir es schon dem Glucksi geben. Oder seiner rattenscharfen Frau, die wartet immer noch auf das Geld für die Knarre. Oder war es für die Karre?"

„Dir schon auch", seufzte Milda.

„Mir?" Hans-Rüdiger runzelte die Stirn. „Hab ich eine Frau?"

„Geld", erklärte Milda. „Er schuldet auch dir Geld. Ein paar Riesen, wenn man das Kleinzeugs weglässt."

„Ein Riese!", stieß Hans-Rüdiger aus und sprang vom Stuhl. Er schleuderte die Schnabeltasse gegen die Wand und rannte davon. „Er ist hinter mir her! In Deckung! Der Feind greift an!"

Dolores schaute ihm nach. „Da haben Sie ganz schön zu tun mit ihm. Ich glaube, er ist in den Keller gelaufen."

„Eigentlich", sagte Milda, „kommen wir ganz gut zurecht. Seit Wacken ist er ein bisschen mehr durcheinander als sonst, aber es war chalt sein großer Traum und wann kommt jemand wie ich schon für umsonst nach Wacken? Chat alles die Frau Lotte bezahlt, damit es ihrem Chans an nichts fehlt."

„Und Sie", fragte Dolores weiter, „haben Sie Eddie gesehen, als Sie auf der Suche nach Hans-Rüdiger durchs Dorf sind?"

Milda schüttelte den Kopf.

„Sonst jemanden gesehen?", bohrte Dolores nach.

„Den Säbelzahn beim Cheimgehen", sagte Milda. „Er ist nach uns gegangen und ich chabe ihn gefragt, ob er mir einen Tipp geben kann, wo Chans chingegangen sein könnte, aber Säbelzahn war keine Chilfe. Chat nichts gesehen, chat nichts gehört und wollte nichts sagen. Nur cheim."

Nach einem lauten Rumpeln im Treppenhaus, das

klang, als wären mehrere gestapelte Pappkartons umgefallen, kehrte Hans-Rüdiger in die Küche zurück. „Von wegen", sagte er mit erhobenem Zeigefinger. „Von wegen! Der vergisst nichts und verzeiht nichts. Der war schon als kleiner Junge ein nachtragendes Arschloch!"

„Chans, bitte!"

„Weil's wahr ist!"

„Wer?", wollte Dolores wissen.

Hans-Rüdiger schaute sie mit großen Augen an. „Ja, wenn ich das jetzt wüsste… Worum, bitte, ging es gerade? Hübsches Fräulein, ich glaube, wir sind einander noch nicht vorgestellt worden? Ich bin der General von der Kokosnuss und eingeteilt im siebten Regiment des Grafen von Säbelzahn. Säbelzahn… Säbelzahn… Alles frisst er in sich hinein."

Mit diesen Worten drehte Hans-Rüdiger sich um und verließ die Küche wieder. Man hörte, wie er gegen die Pappkartons trat. „Das würde euch so passen, mir hier Stolperfallen aufzustellen! Aber ich weiß haargenau, dass ihr hinter mir her seid! Immer versteckt ihr meine Sachen und ihr klaut mein Geld. Ihr! Ihr… Ihr? Milda? Milda, wo bist du? Hast du meine Briefmarken verlegt? Wo sind meine Briefmarken? Ich wollte dem Klaus doch eine Karte schicken, dass ich ihn gesehen habe, wie er Bier holen wollte."

Milda rollte mit den Augen. „Seine lichten Momente", erklärte er, „werden weniger. Man kann wöchentlich zuschauen, wie er nachlässt. Im Chirn, Frau Dolores, im Chirn. Der Rest funktioniert leider ausgezeichnet."

Etwas schepperte, das nicht nach Kartons klang, sondern nach gutem Porzellan. „Heidewitzka! Die Russen! Sie greifen an! Zu den Waffen! Milda! Zu den Waffen! Aha, hier ist meine Haubitze ja! Ich werde euch zeigen, wie ein tapferer Soldat zu sterben weiß!"

Milda sprang auf. „Ich muss nach Chans sehen…"

Dolores stand auf. „Wir sind eh fertig. Danke für alles." Und sie verließ das Haus, vorbei an dem Zimmer voller Briefmarken, während im ersten Stock ganz offensichtlich ein neuer Krieg ausbrach.

„Pesado", murmelte sie für sich, als sie die Haustür hinter sich zuzog. „Ich hätte fragen sollen, warum der Hans-Rüdiger als Spitznamen *Pesado* bekommen hat. Was bedeutet das? Knödel, hast du eine Ahnung?"

Natürlich kam Knödel ganz nach vorn geschwommen und guckte sie mit großen Augen an.

Ob er wirklich darüber nachdachte?

„Pesado", kam die Antwort von einer ganz anderen Seite. Eine junge Frau im weißen Kleid stand neben dem Gartenzaun und starrte ins Nichts. Jedenfalls hatte es den Anschein, bis Dolores verstand, warum der Blick der Frau starr in die Höhe ging. Sie hatte einen weißen Stock dabei.

„Pesado", wiederholte sie und dabei schnupperte sie. „Sind Sie die Frau, die ihren Fisch im Glas herumträgt? Ich wohne noch nicht lange im Dorf, aber ich habe schon von Ihnen gehört?"

„Dolores Gräber", nickte Dolores.

„Und Knödel", lächelte die blinde Frau, „heißt der Fisch."

„Er ist bloß zwei Zentimeter groß, jedenfalls, wenn er sich lang ausstreckt. Meistens hat er die hintere Flosse schräg angestellt und manövriert mit seinen Seitenflossen. Braun-gelb-grün gefleckt, aber Farben werden Ihnen nichts sagen, oder?"

„Nein", schüttelte sie den Kopf. „Ich habe noch nie sehen können, aber dafür funktionieren meine Ohren gut. Ich habe auf einem Spaziergang gehört, warum Herr Steininger von seinen Freunden *Pesado* genannt wird." Sie kam ein paar Schritte näher und legte vorsichtig ihre Hand gegen Knödels

Spazierglas. „Eigentlich wollte Herr Steininger *Pescado* heißen, was das spanische Wort für Fisch ist, jedenfalls, wenn man den Fisch essen möchte." Sie kicherte kurz. „Ich hoffe, der kleine Knödel schwimmt jetzt nicht vor Schreck rückwärts oder kopfüber. Der Herr Steininger liebt Fisch über alles, tot auf dem Teller. Seine Frau fährt jede Woche zur Fischzucht hinüber oder sogar bis nach München, um ihm frischen Seefisch zu kaufen. Pescado. Leider hat einer seiner Freunde in der Chatgruppe das c vergessen und so wurde aus dem Namen, der seine Leidenschaft ausdrücken sollte, *Pesado*."

„Meine Güte", seufzte Dolores, „wie betrunken waren die denn, als es um die Spitznamen ging?"

Die blinde Frau zuckte die Schultern. „Ich habe gehört, es ging ziemlich hoch her an dem Abend im Januar. Einer aus der Truppe hätte zum Flughafen müssen, aber alle waren zu betrunken, um zu fahren. Es wurde ein Taxi gerufen, das wegen des heftigen Schneefalls nur Schrittgeschwindigkeit fahren konnte. Als der Fluggast – ich weiß leider nicht, um wen es sich handelte – endlich am Flughafen ankam, war der Flug annulliert. Dem Flughafen ist es nicht gelungen, die Startbahn vom Schnee freizuhalten."

„Interessant", meinte Dolores und musste

gleichzeitig seufzen. „Es hilft aber nicht weiter bei der Lösung des Falls."

Die blinde Frau nickte. „Es ist etwas in der Dorfmitte am Laufen. Ich kann es nicht sehen, aber ich höre die Leute tuscheln und spüre die Unruhe im Dorf."

Dolores sah keinen Grund, warum die blinde Frau nicht erfahren sollte, was alle anderen sowieso sehen konnten. „Der Eddie liegt tot unter einem Kühlschrank und ich versuche herauszufinden wie das passiert ist. Haben Sie etwas bemerkt?"

Für eine Weile dachte die junge Frau nach. Schließlich schüttelte sie den Kopf. „Ich fürchte, ich bin keine große Hilfe. Als ich um halb sechs die Hauptstraße entlang gegangen bin, war alles völlig normal und ruhig. Ich habe gehört, wie jemand eine schwere Tätigkeit verrichtet hat, derjenige hat geschnauft und unterdrückt gestöhnt. Etwas Schweres rutschte mit relativ wenig Lärm auf den Boden. Wo Sie es gesagt haben… Das könnte der Kühlschrank gewesen sein." Sie wirkte plötzlich sehr betroffen. „Der Kühlschrank, der dem armen Eddie das Leben gekostet hat! Aber ich habe nichts gehört, das mich auf einen verletzten Menschen hat schließen lassen. Es ist ja jemand fortgegangen, nachdem die schwere Last zur Ruhe gekommen ist.

Ich dachte, etwas Schweres ist herabgefallen und jemand geht nun weg, um Hilfe beim Wiederaufladen zu holen. Meine Güte, habe ich etwa den Mörder weggehen hören? Ist der Eddie ermordet worden?"

„Wahrscheinlich." Dolores stellte das schwere Fischglas auf dem Boden ab. „Sie haben keine Hinweise, wie diese Person aussehen könnte, die sich vom Tatort entfernt hat?"

„Nicht sonderlich schwer, von normaler Statur", sagte die blinde Frau. „Ihre Schritte waren nicht lauter als die einer normalen Person, die Turnschuhe trägt. Ein Mann war es, das habe ich am Stöhnen erkannt. Er ging Richtung Kirche davon, setzte seinen Weg allerdings im Grünstreifen fort und daher, Frau Gräber, konnte ich nicht mehr hören, wohin er gegangen ist."

Dolores verstand. „Gehen Sie öfter so früh spazieren?"

„Immer", lächelte die blinde Frau. „Da ist am wenigsten los, ich kann alles gut hören und, ganz ehrlich, ob es dunkel ist oder dämmert, ist für mich völlig egal." Sie machte einen tiefen Atemzug. „Ich wohne erst seit vier Wochen im Dorf und muss mich erst noch zurechtfinden, aber ich gehe täglich eine

Runde."

„Turnschuhe", überlegte Dolores eifrig. „Normale Statur. Vielen Dank, für Ihre Hilfe, Frau…?"

„Jackson", sagte die blinde Frau. „Sarah Jackson. Meine Eltern sind Amerikaner, aber wir haben lange in Regensburg gelebt. Jetzt sind sie zurück nach Chicago, ich wollte aber hier in Bayern bleiben." Sie lachte leise. „Mir ist es in den Staaten zu kriminell."

Dolores hob Knödel hoch und unterdrückte dabei ein Seufzen. „Seit einiger Zeit", sagte sie, „ist es hier auch nicht immer friedlich. Vielen Dank für Ihre Hilfe, Miss Jackson."

Wer soll als nächstes befragt werden? Oder geht's gar zur Auflösung?

Obacht! Die Auflösung beginnt auf Seite 185.

Letztes Kapitel – Auflösung

Warnung! Obacht! Auf'gmerkt!

Bisd a Checker?
Hast du kapiert,
warum der Eddie ist krepiert?

Bisd a Gscheidal?
Weißt du, wie sie lief,
die Geschichte hinter dem Motiv?

Weißt du wieso, weshalb, warum?
Denkst nochmal nach oder blätterst um?

Als Dolores zum Pickup zurückkehrte, erwartete sie natürlich den Schnecken-Simon mit seinem Team, also den Ermittlern, Polizisten, den Spurensuchern. Vielleicht, weil es gar so ein bizarrer Fall war, würde sogar der Staatsanwalt kommen und sich vor Ort ein Bild der Lage machen. Bestimmt hatte die Presse Wind von dem Todesfall bekommen und einen Reporter geschickt, der nun Fotos machte und die Anwesenden befragte und ganz bestimmt wartete er unruhig auf Dolores, die mit Sicherheit mehr wusste als die gesamte Polizeibrigade. Dolores hatte das Bild schon vor Augen, wie sie dem rätselnden Staatsanwalt in seinem teuren Anzug mit knappen Worten berichtete, warum und wie der Eddie ums Leben gekommen war.

Nichts davon trat ein. Dolores kehrte zum Tatort zurück, den Knödel in seinem Glas auf dem Arm, die Tasche über der Schulter, den Kopf voller Erkenntnisse und Rückschlüsse und Bauch voller leckerem Zwetschgendatschi.

Wolfi lümmelte auf einer Bierbank, die Pupillen groß und das Lächeln breit. Vor ihm lagen fünf frisch gerollte Joints und neben ihm saß Gitta mit verschränkten Armen und bösem Blick und pustete hin und wieder die neugierigen Wespen weg, die sich an dem Zwetschgendatschi gütlich tun wollten, der in einer Plastikbox auf dem Biertisch stand.

„Na endlich!", stieß sie aus, als sie Dolores sah. „Ich hätte schon gemeint, du würdest gar nicht mehr kommen. Du hast dir fei ziemlich viel Zeit gelassen mit deiner Ermittlung." Sie stutzte. „Oder warst kurz daheim und hast dem Knödelchen frisches Wasser in sein Spazierglaserl getan? Grias di, Knödelchchen, na, wie geht's dem kleinen Fischerl denn heute? Bist wieder fit?"

Dolores stellte Knödel neben den Joints und dem Kuchen ab. „Wolfi", sagte sie drohend, „du hast dem Schnecken-Simon schon Bescheid gegeben?"

Wolfi gluckste und schnurrte wie eine Katze auf Speed. Er lachte unterdrückt in sich hinein. Eine Melodie brach aus ihm hervor, die verdächtig nach Bob Marley klang.

Gitta schnaubte ihn an. „Wie man nur so zugedröhnt sein kann von dem bisserl Joint? Dolores, aus dem ist fei nichts herauszukriegen, der hudert bloß rum. Als ich gekommen bin... Ich hab fei einen Zwetschgendatschi mitgebracht, weil ich mir schon gedacht habe, dass ihr nach dieser fürchterlichen Nacht was in den Magen gebrauchen könnt. Das ist ein Rezept von meiner Oma, die hat immer einen

Hefeteig ohne Kneten und ohne Rühren gemacht."

Dolores stutzte. „Bist du mit dem Klaus verwandt?"

Gitta reckte die Nase in die Höhe. „Seine Oma und meine Oma waren verschwägert, aber ich will mit dem Hallodri nichts zu tun haben. Schmeißt der einfach seine Frau raus…"

Erstaunlich, fand Dolores, wie manche Details trotz allem Klatsch und Tratsch an manchen Leuten im Dorf vorbeigingen. Gitta war eine sehr neugierige Person, aber diesmal hatte sie die wichtigen Fakten wohl verpasst.

„Dein Handy!", verlangte Dolores mit ausgestreckter Hand und tatsächlich reagierte Wolfi und gab ihr sein Smartphone. „Don't worry, be happy…"

Gitta knurrte ihn an: „Deine Singerei hilft nicht weiter, damit machst du niemanden glücklich, also halt die Klappe."

Tatsächlich war auch Dolores nicht glücklich, als sie die Rufliste durchschaute und keine andere Nummer entdeckte als die von Wolfis Frau, dem Dorfladen und dem Donerl, mit dem der Wolfi Tennis spielte.

„Wolfi", sagte Dolores drohend, „du hast die Polizei nicht angerufen."

Wolfi kicherte.

„Wolfi!" Dolores schaute ihn böse an.

„Weißt." Endlich reagierte er, aber nur langsam und bedächtig und jedes Wort dehnte sich wie Kaugummi. „Weißt, ich wollte ja anrufen, aber da war besetzt."

„Besetzt!", stießen Gitta und Dolores gleichzeitig aus. „Glaubst du doch selber nicht!"

„Mei…" Der Wolfi seufzte schwer. „Mei…" Er begann sich hart gegen die Stirn zu tippen. „Jetzt stellts euch einmal vor, ich würde die Polizei anrufen. Stellts euch das einmal vor!"

Gitta knurrte. Sie griff in die Plastikbox und holte sich ein Stück Datschi heraus. „Magst auch ein?"

„Danke", sagte Dolores, „ich bin heute schon mehrfach versorgt worden." Sie trommelte mit den Fingern auf dem Tisch herum. „Das hab ich mir bereits vorgestellt, Wolfi, und in meiner Fantasie alles hier war voller Polizei und der arme Eddie längst unterm Kühlschrank rausgeholt und der Staatsanwalt hat meinen Erläuterungen interessiert zugehört und sich für meine erstklassige Ermittlungsarbeit bedankt."

Wolfi schüttelte den Kopf. „Eben nicht", widersprach er. „Weißt, die Polizei hätte doch als erstes einen Alkoholtest von mir haben wollen und als zweites einen Drogentest." Er zupfte sich eine Strähne seines kinnlangen schwarzen Haares nach vorn. „Die hätten sofort rausgefunden, dass ich mehr kiffe als gesetzlich erlaubt ist, und dass du gestern mehr gesoffen hast als für dich gut ist. Die hätten auch dich pusten lassen."

„Na und?", zuckte Gitta die Schultern. „Was kümmert dich das? Die Dolores war doch zu Fuß unterwegs und da darf man Restalkohol haben, so viel wie man will. Hast etwa Angst, die könnten dir deinen Führerschein abknapsen? Ja mei, du hast ja gar keinen! Du bist ja als Teenager dreimal durch die Prüfung gefallen und hast es seitdem nicht nochmal probiert." Sie schnalzte vorwurfsvoll. „Ts, ts, ts."

Der Wolfi war nicht beruhigt. „Wenn das im Führungszeugnis landet… Wenn das mein Chef liest!" Er streckte alle zehn Finger seiner Hände und hackte sie gegeneinander. „Kiffen und schwere Maschinen Bedienen passt halt nicht zusammen."

Dolores schaute interessiert in die offene Datschi-Box. Er sah wirklich genau gleich aus. „Du lässt den armen Eddie unterm Kühlschrank liegen, weil du Angst hast, für deine Kifferei eventuell zur Rechenschaft gezogen zu werden? Ach, Wolfi…"

Er nahm einen langen Zug von seinem Joint. „Außerdem hab ich mehr dabei als legal ist. Die drehen mir einen Strick nach dem anderen. Die Schlinge um meinen Hals wird immer enger."

„Strick! Schlinge!" Gitta schlug die Hände überm Kopf zusammen. „Hör mir mit Stricken und Schlingen auf! Das Thema hatten wir erst Ostern! Weißt nicht mehr, der Karl…"

Dolores hätte den Wolfi am liebsten gepackt und durchgeschüttelt. „Wenn du nicht ständig weiterkiffen würdest, hätte es niemand gemerkt und niemand einen Drogentest angeleiert. Herrschaft, Wolfi, so geht's einfach nicht."

Der Knödel fand das auch. Er klebte vorn an der Scheibe und starrte Wolfi mit großen, vorwurfsvollen, wie versteinert wirkenden Augen an. Diese Message war klar.

Dolores hatte die Nummer der Polizei gewählt. Nicht den Notruf, denn ein Notfall lag nicht vor, sondern die Nummer, die sie wusste, weil sie den Schnecken-Simon gut kannte. „Simon?" Er ging nach dem dritten Läuten ran. „Hier ist Dolores Gräber. Simon, auf dem Parkplatz vor dem Trödler liegt ein Toter. Der Eddie ist tot. Ja. Ja, der Ferdinand Vogel. Kommst du? Ja, ich warte hier. Danke. Servus."

Dolores legte das Smartphone auf den Tisch. „So einfach ist das, Wolfi." Aber Wolfi war längst wieder in anderen Sphären und murmelte etwas von einem Lied, das er in allen Farben sehen könne.

Gitta schleckte sich die Finger ab, nachdem sie ihr Kuchenstück gegessen hatte. Sie zupfte ein Reinigungtstuch aus der Unterseite der Box und machte umständlich die Hände sauber. „Und?" Sie kam fast über den Biertisch herüber. „Weißt, wer's war? Und warum? Weißt, mir ist der Eddie mit seinen ganzen Tattoos ja immer ein bisserl unheimlich gewesen, aber im Grunde war er einfach ein armer Tropf. So viel Grundstück und so wenig Bargeld. Der hat einfach keinen Fuß auf den Boden bekommen und jetzt ist ihm auch noch die Freundin weg… Es ist immer dasselbe Drama im Dorf. Das Medium sagt es auch. Immer geht es um enttäuschte Liebe oder viel verlorenes Geld. Meistens spinnt das Medium sich ja was zusammen, aber in dieser Hinsicht hat sie Recht. Also, Dolores, spuck es endlich aus. Wer war's?"

Knödel in seinem Glas drehte eine schnelle Runde, ehe er bei Gitta verharrte und langsam rückwärts schwamm.

„Siehst", lächelte Dolores, „er weiß es auch."

Gitta schnaubte. „Lenk nicht ab. Der Fisch hat doch keine Ahnung und schwimmt ständig irgendwie in seinem Glaserl herum. Also? Wie ist es passiert? Es war kein Unfall, oder?"

„Cho-chen-dd", unterbrach eine Stimme von der Seite.

Dolores schaute sich irritiert um und war verwundert, als der Stefan und der Alwin zu ihnen kamen. Stefan kassierte einen Rempler, weil er versucht hatte zu sprechen.

„Du sollst nix reden", schimpfte Alwin. „Deine Stimme. Sonst bist den restlichen Monat heiser."

Sie begutachteten eine Weile den toten Eddie unterm Kühlschrank und obwohl Stefan seine Hand einmal ausstreckte, fassten sie nichts am Pickup an.

„Wissen Sie", erklärte Alwin mit gedämpfter Stimme. „Das hat uns keine Ruhe gelassen, die Sache mit dem Eddie, deshalb sind wir hergekommen. Frau Gräber, wissen Sie, was passiert ist? Ehrlich gesagt, es sieht nicht wie ein Unfall aus. Die Klammern, die die Ladeklappe halten, die sind zwar nicht original, aber auch nicht kaputt."

Von der anderen Seite kamen Hans-Rüdiger und Milda zu ihnen. „Ein Anschlag!", stellte Hans-Rüdiger fest, „jemand hat einen Anschlag auf die heiligen Hallen des Weißbieres unternommen."

Milda bugsierte ihn auf eine Bierbank und reichte ihm die Schnabeltasse, aus der Hans-Rüdiger zu trinken begann. „Ich muss daran denken", sagte Milda zu Dolores. „Die ganze Zeit. Chans und ich chaben keine Ruhe gefunden. Ist die Ladeklappe aufgesprungen oder chat der Chans nachgecholfen? Sie wissen ja von seiner Verletzung am Chandballen?"

„Auf keinen Fall." Hinterm Pickup tauchte Jonathan auf. „Der Pickup ist prima in Ordnung. Alt, aber gut in Schuss. Nein, nein, das war kein Unfall, da hat jemand nachgeholfen." Er zeigte auf den Hebel, der die Laderampe an Ort und Stelle halten sollte. „Jemand, der sehr klebrige Finger hat. Die Ameisen wuseln grad so über das Zuckerzeug."

Dolores nickte. „Er hat einen Hang zum Süßen, einen sehr starken Hang zu sehr viel zuckrigen Leckereien."

Stefan, der gerade nach einem Stück Zwetschgendatschi gegriffen hatte, ließ es wie ein heißes Eisen fallen. „Ha noi… Ich wared…"

„Du schweigst!", befahl Alwin sofort und schaute in die Runde. „Dass du es nicht warst, wissen wir alle, aber es gibt noch jemanden, der ständig was Süßes nascht und deswegen meistens pappige Finger hat. Wo ist denn der Säbelzahn?"

Die Versammelten hielten den Atem an. „Der Säbelzahn?", stießen die einen aus. „Der Klaus!", die anderen.

Wolfi in seinem Nebel aus Farben, Formen und Glückseligkeit lächelte breit. „Der hat mir mal zwei Fünfer gegeben, die waren so zusammengeklebt, dass wir sie haben waschen müssen. Mit Spülmittel!" Natürlich wollten alle genau wissen, wie er es gemacht hatte. „Das ist ein Rätsel", stellte der Glucksi fest, der aus Neugierde auch gekommen war. Er hatte seine kleine Tochter auf den Schultern, aber die Kleine schlief tief und fest. Wahrscheinlich war sie vom frühsonntäglichen Versteckspielen schon wieder erledigt. „Weil", erklärte der Glucksi, „meine Schwiegermutter den Säbelzahn nämlich die ganze Nacht hat schnarchen hören. Wie ein Waldarbeiter. Ein ganzes Sägewerk hätte der beliefern können. Er war daheim!"

„Pah!", meinte der Hammer. „Das war die Aufnahme, die ich zu Ostern gemacht habe und die wo jetzt reihum gegangen ist. Immer dasselbe Geschnarche." Er hatte eine Schachtel Eier aus dem Automaten unterm Arm, weil es seiner Frau ja alle

Eier beim Kochen zerrissen hatte. Und zerrissene Eier waren ein No-go für den kleinen Ferdinand. „Dolores", mahnte Hammer, „wir tun fei ein bisserl Gasgeben müssen, weil der kleine Ferdinand schon da ist und ich mit ihm zu den Kängurus gehen mag, damit die Vreni die Brotzeit in Ruhe herrichten können tut. Jawoi, und die Eier muss ich ja auch endlich heimbringen. Die Vreni wird schelten tun, wenn ich arg lang ausbleiben tu."

„Genau", bestätigte Dolores. „So ist es mit dem Klaus. Er hat seine Anwesenheit zu Hause vorgetäuscht, dabei war er im Dorf unterwegs. Er hat den Eddie noch einmal zur Rede stellen wollen, wegen der Sache mit seiner Frau, weil er nämlich überhaupt nicht über diese Liebe hinweg ist. Von wegen Therapie! Außerdem gibt er nicht bloß seiner Frau die Schuld, sondern auch dem Eddie."

„Aber der Eddie", wandte Glucksi mit erhobenem Finger ein, „der hat ja gar nicht wissen können, mit welcher Frau er sich da einlässt. Die hatte eine Perücke auf und zwei Zentner Make-up im Gesicht. Ehrlich, ich hätte dem Säbelzahn seine Frau auch nicht erkannt. Ich hab mir das Video angeschaut, aber sie nicht erkannt." Auf die teils erstaunten, teils mahnenden Blicke hin räusperte er sich heftig. „Zu

Recherchezwecken natürlich. Man will ja wissen, worüber alle reden."

Dolores wollte dieses Thema nicht weiter hochkochen lassen. „Jedenfalls ist es bei der Aussprache zum Streit gekommen und der Klaus hat vor lauter Wut im Affekt die Ladeklappe geöffnet und der Kühlschrank ist auf den Eddie gerutscht."

„Mei!" Gitta schlug die Hand vor den Mund. „So was! Aus Eifersucht! Aus enttäuschter Liebe! Wie tragisch."

„Totschlag", meinte Alwin und Stefan krächzte dazu. Er kassierte wieder einen Rempler, aber Dolores bezweifelte, ob ihn das von weiteren Redeversuchen abhalten konnte. Sie bot ihm ein Stück vom Zwetschgendatschi an, das er dankbar annahm und natürlich biss er sofort hinein. Der Glucksi nahm sich auch ein Stück.

Plötzlich riss der Wolfi die Augen weit auf. „Der arme Eddie! So ein Ende hat er nicht verdient. Du, Dolores, soll ich den Schnecken-Simon anrufen, dass er gleich zum Klaus fahren soll?"

Dolores winkte ab. „Du brauchst dir keinen Fuß auszureißen."

Stefan zupfte und zerrte an Alwins Ärmel herum, bis Alwin ihm schließlich das Flüstern erlaubte: „Aber der Klaus will heute nach Thailand in Urlaub!"

In der Gruppe brach Getuschel aus und Gitta war der Meinung, man müsse sofort eine Großfahndung nach dem Klaus ausrufen. „Wenn der sich absetzt, kriegen wir ihn nicht hinter Schloss und Riegel. Aus Thailand kommt der doch nicht wieder."

Dolores winkte wieder ab. „Er hat ein Zug-zum-Flug-Ticket, aber die Bahnstrecke ist teilweise gesperrt und es kommt zu Verspätungen. Keine Bange, der Schnecken-Simon wird ihn im Zug festnehmen können." Sie nahm Knödel in seinem Glas hoch. „Komm, Knödel", gähnte sie unterdrückt. „Ich bringe dich heim ins Aquarium. Unser Job hier ist erledigt."

Wolfi nickte ihr huldvoll zu. „Ganze Arbeit, Dolores, wie immer. Ganze Arbeit."

Sie machte sich auf den Heimweg, aber vorher schaute sie ernsthaft in die Runde. „Nichts anfassen, ist klar, oder?"